# 缘缘堂随笔

丰子恺————著

中国 友谊出版公司

# 目 录

## 像孩子一样生活

青春是多么可爱的一个名词！自古以来的人都赞
美它，希望它长在人间！

# 幸有我来山未孤

在我们以前，"人生"已被反复了数千万遍，都像昙花泡影地倏现倏灭。

# 日月楼中日月长

无论何事都是大大小小、千千万万"缘"所凑合而成，缺了一点就不行。

# 好花时节不闲身

世事之乐不在于实行而在于希望，犹似风景之美不在其中而在其外。

# 伍

## 不负人间不负己

哭的时候用全力去哭，笑的时候用全力去笑，一切游戏都用全力去干。

我于清光绪廿四年（一八九八）旧历九月廿六日生于浙江石门县城外石门湾后河的丰同裕染坊店里。这店是我的祖父开的。祖父早死，我生时只看见祖母。祖母是受过教育的人。她自己管店，而教我父亲读书。我四岁时，父亲考乡试中了举人。同年祖母死了。我对于祖母的回想很模糊，但常在父母亲及诸姊处听说祖母为人何等豪爽，何等善于享乐生活；又在父亲的书橱里看见过祖母因瞌睡而被鸦片灯烧焦的《缀白裘》《今古奇观》等书，故从小晓得祖母是我们的家风的支配者。我的母亲欢喜管理家务，父亲在家只是逐良辰佳节，饮酒赋诗，家务都由母亲操持。我九岁上，父亲患肺病死了。因为父亲不事产业，我又有六姊一妹二弟，母亲抚育许多孩子，家计很困难。而数年之中，死亡相继，现在我只有两姊一妹了。我十岁时，母亲教我入亲戚家的私塾。我记得那时候我倾心于祖母和父亲，对于先生全不信仰。读书半是赖学。十三岁改入邻近的小学校。新式的学堂功课英文、数学、理化惹起了我的兴味，一变而非常用功了。十七岁小学毕业，母亲送我进杭州第一师范。初入学的一二年，我依旧用功各种功课，考试常常列在前名。到了第三年，我忽然对于教我图画音乐的李叔同先生发生了信仰，抛弃其他功课而专门学图画音乐了。因功课的偏重，常常受学监及舍监的谴责。我记得那时候的慕李先生，同幼时的慕祖母、父亲一样。

　　我二十二岁师范毕业后，跟了友人在上海办一所专修图画音乐的专科师范。当年，我的弟弟患肺病死了，我和母亲受了很大的打击。次年，即一九二一年春，我就别母亲，到东京去。因为短于资本，不能入美术学校或音乐学校。我就做游览者，除了到研究所去略学一些绘画音乐实技以外，只是看戏、买书、访问展览会和音乐会。过了一年，金尽了，只得归国。归国后又在专科师范做了半年教师，随即到一个新办在浙江上虞的山水间的春晖中学去教图画音乐。二三年后我又辞去。加入一班朋友的团体，在上海附近的江湾办了一所立达学园。在那学园里教中学部的图画音乐，和文艺院的关于绘画及艺术的理论，兼任上海大学、复旦大学，和澄衷中学、松江女子中学的图画、音乐或艺术理论功课。一九二七年九月，我三十岁诞辰，依归佛教，戒酒除荤。一九三○年二月，我遭母丧，即辞去一切教职，迁居嘉兴，以卖文糊口。是年秋患大病，几濒危境。从此体弱多病，至今未复健康。

一九三二年十二月记

## 自述

1963 年在日月楼译《源氏物语》（横）

1962 年众孩在襄阳公园看公公画速写

## 像孩子一样生活

青春是多么可爱的一个名词！
自古以来的人都赞美它，希望它长在人间！

児戲
其二

# 给我的孩子们

　　我的孩子们！我憧憬于你们的生活，每天不止一次！我想委屈地说出来，使你们自己晓得。可惜到你们懂得我的话的意思的时候，你们将不复是可以使我憧憬的人了。这是何等可悲哀的事啊！

　　瞻瞻！你尤其可佩服。你是身心全部公开的真人。你什么事体都像拼命地用全副精力去对付。小小的失意，像花生米翻落地了，自己嚼了舌头了，小猫不肯吃糕了，你都要哭得嘴唇翻白，昏去一两分钟。外婆普陀去烧香买回来给你的泥人，你何等鞠躬尽瘁地抱它，喂它；有一天你自己失手把它打破了，你的号哭的悲哀，比大人们的破产、失恋、broken heart（心碎）、丧考妣、全军覆没的悲哀都要真切。两把芭蕉扇做的脚踏车，麻雀牌堆成的火车、汽车，你何等认真地看待，挺直了嗓子叫"汪——""咕咕咕……"来代替汽油。宝姊姊讲故事给你听，说到"月亮姊姊挂下一只篮来，宝姊姊坐在篮里吊了上去，瞻瞻在下面看"的时候，你何等激昂地同她争，说"瞻瞻要上去，宝姊姊在下面看！"甚至哭到漫姑面前去求审判。我每次剃了头，你真心地疑我变了和尚，好几时不要我抱。最是今年夏天，你坐在我膝上发现了我腋下的长毛，当作黄鼠狼的时候，你何等伤心，你立刻从我身上爬下去，起初眼瞪瞪地对我端详，继而大失所望地号哭，看看，哭哭，如同对被判定了死罪的亲友一样。你要我抱你到车站里去，多多益善地要买香蕉，满满地擒了两手回来，回到门口时你已经熟睡在我的肩上，手里的香蕉不知落在哪里去了。这是何等可佩服的真率、自然与热情！大人间的所谓"沉默""含蓄""深刻"的美德，比起你来，全是不自然的、病的、伪的！

你们每天做火车，做汽车，办酒，请菩萨，堆六面画，唱歌，全是自动的，创造创作的生活。大人们的呼号"归自然！""生活的艺术化！""劳动的艺术化！"在你们面前真是出丑得很了！依样画几笔画，写几篇文的人称为艺术家、创作家，对你们更要愧死！

你们的创作力，比大人真是强盛得多哩：瞻瞻！你的身体不及椅子的一半，却常常要搬动它，与它一同翻倒在地上；你又要把一杯茶横转来藏在抽斗里，要皮球停在壁上，要拉住火车的尾巴，要月亮出来，要天停止下雨。在这等小小的事件中，明明表示着你们的小弱的体力与智力不足以应付强盛的创作欲、表现欲的驱使，因而遭逢失败。然而你们是不受大自然的支配，不受人类社会的束缚的创造者，所以你们的遭逢失败，例如火车尾巴拉不住，月亮呼不出来的时候，你们决不承认是事实的不可能，总以为是爹爹妈妈不肯帮你们办到，同不许你们弄自鸣钟同例，所以愤愤地哭了，你们的世界何等广大！

你们一定想：终天无聊地伏在案上弄笔的爸爸，终天闷闷地坐在窗下弄引线的妈妈，是何等无气性的奇怪的动物！你们所视为奇怪动物的我与你们的母亲，有时确实难为了你们，摧残了你们，回想起来，真是不安心得很！

阿宝！有一晚你拿软软的新鞋子，和自己脚上脱下来的鞋子，给凳子的脚穿了，划袜立在地上，得意地叫"阿宝两只脚，凳子四只脚"的时候，你母亲喊着"龌龊了袜子！"立刻擒你到藤榻上，动手毁坏你的创作。当你蹲在榻上注视你母亲动手毁坏的时候，你的小心里一定感到"母亲这种人，何等煞风景而野蛮"吧！

瞻瞻！有一天开明书店送了几册新出版的毛边的《音乐入门》来。我用小刀把书页一张一张地裁开来，你侧着头，站在桌边默默地看。后来我从学校回来，你已经在我的书架上拿了一本连史纸印的中国装的《楚辞》，把它裁破了十几页，得意地对我说："爸爸！瞻瞻也会裁了！"瞻瞻！这在你原是何等成功的欢喜，何等得意的作品！却被我一个惊骇的"哼"字喊得你哭了。那时候你也一定抱怨"爸爸何等不明"吧！

软软！你常常要弄我的长锋羊毫，我看见了总是无情地夺脱你。现在你一定轻视我，想道："你终于要我画你的画集的封面！"

最不安心的，是有时我还要拉一个你们所最怕的陆露沙医生来，教他用他的大手来摸你们的肚子，甚至用刀来在你们臂上割几下，还要教妈妈和漫姑擒住了你们的手脚，捏住了你们的鼻子，把很苦的水灌到你们的嘴里去。这在你们一定认为是太无人道的野蛮举动吧！

孩子们！你们果真抱怨我，我倒欢喜；到你们的抱怨变为感激的时候，我的悲哀来了！

我在世间，永没有逢到像你们这样出肺肝相示的人。世间的人群结合，永没有像你们样的彻底的真实而纯洁。最是我到上海去干了无聊的所谓"事"回来，或者去同不相干的人们做了叫作"上课"的一种把戏回来，你们在门口或车站旁等我的时候，我心中何等惭愧又欢喜！惭愧我为什么去做这等无聊的事，欢喜我又得暂时放怀一切地加入你们的真生活的团体。

但是，你们的黄金时代有限，现实终于要暴露的。这是我经验过来的情形，也是大人们谁都经验过的情形。我眼看见儿时的伴侣中的英雄、好汉，一个个退缩、顺从、妥协、屈服起来，到像绵羊的地步。我自己也是如此。"后之视今，亦犹今之视昔"，你们不久也要走这条路呢！

我的孩子们！憧憬于你们的生活的我，痴心要为你们永远挽留这黄金时代在这册子里。然这真不过像"蜘蛛网落花"，略微保留一点春的痕迹而已。且到你们懂得我这片心情的时候，你们早已不是这样的人，我的画在世间已无可印证了！这是何等可悲哀的事啊！

# 从孩子得到的启示

一

晚上喝了三杯老酒，不想看书，也不想睡觉，捉一个四岁的孩子华瞻来骑在膝上，同他寻开心。我随口问：

"你最喜欢什么事？"

他仰起头一想，率然地回答：

"逃难。"

我倒有点奇怪"逃难"两字的意义，在他不会懂得，为什么偏偏选择它？倘然懂得，更不应该喜欢了。

我就设法探问他：

"你晓得逃难就是什么？"

"就是爸爸、妈妈、宝姐姐、软软……娘姨，大家坐汽车，去看大轮船。"

啊！原来他的"逃难"的观念是这样的！他所见的"逃难"，是"逃难"的这一面！这真是最可喜欢的事！

一个月以前，上海还属孙传芳的时代，国民革命军将到上海的消息日紧一日，素不看报的我，这时候也定一份《时事新报》，每天早晨看一遍。有一天，我正在看昨天的旧报，等候今天的新报的时候，忽然上海方面枪炮声起了，大家惊惶失色，立刻约了邻人，扶老携幼地逃到附近的妇孺救济会里去躲避。其实倘然此地果真进了战线，或到了败兵，妇孺救济会也是不能救济的。

不过当时张皇失措，有人提议这办法，大家就假定它为安全地带，逃了进去。那里面地方很大，有花园、假山、小川、亭台、曲栏、长廊、花树、白鸽，孩子们一进去，登临盘桓，快乐得如入新天地了。忽然兵车在墙外轰过，上海方面的机关枪声、炮声，愈响愈近，又愈密了。大家坐定之后，听听，想想，方才觉到这里也不是安全地带，当初不过是自骗罢了。有决断的人先出来雇汽车逃往租界。每走出一批人，留在里面的人增一次恐慌。我们结合邻人来商议，也决定出来雇汽车，逃到杨树浦的沪江大学。于是立刻把小孩子们从假山中、栏杆内捉出来，装进汽车里，飞奔杨树浦了。

所以决定逃到沪江大学者，因为一则有邻人与该校熟识，二则该校是外国人办的学校，较为安全可靠。枪炮声渐远渐弱，到听不见了的时候，我们的汽车已到沪江大学。他们安排一个房间给我们住，又为我们代办膳食。傍晚，我坐在校旁的黄浦江边的青草堤上，怅望云水遥忆故居的时候，许多小孩子采花、卧草，争看无数的帆船、轮船的驶行，又是快乐得如入新天地了。

次日，我同一邻人步行到故居来探听情形的时候，青天白日的旗子已经招展在晨风中，人人面有喜色，似乎从此可庆承平了。我们就雇汽车去迎回避难的眷属，重开我们的窗户，恢复我们的生活。从此"逃难"两字就变成家人的谈话的资料。

这是"逃难"。这是多么惊慌、紧张而忧患的一种经历！然而人物一无损丧，只是一次虚惊；过后回想，这回好似全家的人突发地出门游览两天。我想假如我是预言者，晓得这是虚惊，我在逃难的时候将何等有趣！素来难得全家出游的机会，素来少有坐汽车、游览、参观的机会。那一天不论时，不论钱，浪漫地、豪爽地、痛快地举行这游历，实在是人生难得的快事！只有小孩子真果感得这快味！他们逃难回来以后，常常拿香烟篓子来叠作栏杆、小桥、汽车、轮船、帆船；常常问我关于轮船、帆船的事；墙壁上及门上又常常有有色粉笔画的轮船、帆船、亭子、石桥的壁画出现。可见这"逃难"，在他们脑中有难忘的欢乐的印象。所以今晚我无端地问华瞻最喜欢什么事，他立刻选定这"逃难"。原来他所见的，是"逃难"的这一面。

不止这一端：我们所打算、计较、争夺的洋钱，在他们看来个个是白银的浮雕的胸章；仆仆奔走的行人，血汗涔涔的劳动者，在他们看来个个是无目的地在游戏，在演剧；一切建设，一切现象，在他们看来都是大自然的点缀、装饰。

唉！我今晚受了这孩子的启示了：他能撤去世间事物的因果关系的网，看见事物的本身的真相。他是创造者，能赋给生命于一切的事物。他是"艺术"的国土的主人。唉，我要从他学习！

二

两个小孩子，八岁的阿宝与六岁的软软，把圆凳子翻转，叫三岁的阿韦坐在里面。他们两人同他抬轿子。不知哪一个人失手，轿子翻倒了。阿韦在地板上撞了一个大响头，哭了起来。乳母连忙来抱起。两个轿夫站在旁边呆看。乳母问："是谁不好？"

阿宝说："软软不好。"

软软说："阿宝不好。"

阿宝又说："软软不好，我好！"

软软也说："阿宝不好，我好！"

阿宝哭了，说："我好！"

软软也哭了，说："我好！"

他们的话由"不好"转到了"好"。乳母已在喂乳，见他们哭了，就从旁调解："大家好，阿宝也好，软软也好，轿子不好！"

孩子听了，对翻倒在地上的轿子看看，各用手背揩揩自己的眼睛，走开了。

孩子真是愚蒙。直说"我好"，不知谦让。

所以大人要称他们为"童蒙""童昏"，要是大人，一定懂得谦让的方法：心中明明认为自己好而别人不好，口上只是隐隐地或转弯地表示，让众人看，让别人自悟。于是谦虚、聪明、贤慧等美名皆在我了。

讲到实在，大人也都是"我好"的。不过他们懂得谦让的一种方法，不像孩子直说出来罢了。谦让方法之最巧者，是不但不直说自己好，反而故意说自己不好。明明在谆谆地陈理说义，劝谏君王，必称"臣虽下愚"。明明在自陈心得、辩论正义，或惩斥不良、训诫愚顽，表面上总自称"不佞""不慧"，或"愚"。习惯之后，"愚"之一字竟通用作第一人称的代名词，凡称"我"处，皆用"愚"。常见自持正义而赤裸裸地骂人的文字函牍中，也称正义的自己为"愚"，而称所骂的人为"仁兄"。这种矛盾，在形式上看来是滑稽的；在意义上想来是虚伪的、阴险的。"滑稽""虚伪""阴险"，比较大人评孩子的所谓"蒙""昏"，丑劣得多了。

对于"自己"，原是谁都重视的。自己的要"生"，要"好"，原是普遍的生命的共通的大欲。今阿宝与软软为阿韦抬轿子，翻倒了轿子，跌痛了阿韦，是谁好谁不好，姑且不论；其表示自己要"好"的手段，是彻底的诚实、纯洁而不虚饰的。

我一向以小孩子为"昏蒙"。今天看了这件事，恍然悟到我们自己的昏蒙了。推想起来，他们常是诚实的，"称心而言"的；而我们呢，难得有一日不犯"言不由衷"的恶德！

唉！我们本来也是同他们那样的，谁造成我们这样呢？

親与子

# 儿女

　　回想四个月以前，我犹似押送囚犯，突然地把小燕子似的一群儿女从上海的租寓中拖出，载上火车，送回乡间，关进低小的平屋中。自己仍回到上海的租界中，独居了四个月。这举动究竟出于什么旨意，本于什么计划，现在回想起来，连自己也不相信。其实旨意与计划，都是虚空的，自骗自扰的，实际于人生有什么利益呢？只赢得世故尘劳，作弄几番欢愁的感情，增加心头的创痕罢了！

　　当时我独自回到上海，走进空寂的租寓，心中不绝地浮起这两句《楞严经》经文："十方虚空在汝心中，犹如白云点太清里；况诸世界在虚空耶！"

　　晚上整理房室，把剩在灶间里的篮钵、器皿、余薪、余米，以及其他三年来寓居中所用的家常零星物件，尽行送给来帮我做短工的邻近的小店里的儿子。只有四双破旧的小孩子的鞋子（不知为什么缘故），我不送掉，拿来整齐地摆在自己的床下，而且后来看到的时候常常感到一种无名的愉快。直到好几天之后，邻居的友人过来闲谈，说起这床下的小鞋子阴气迫人，我方始悟到自己的痴态，就把它们拿掉了。

朋友们说我关心儿女。我对于儿女的确关心，在独居中更常有悬念的时候。但我自以为这关心与悬念中，除了本能以外，似乎尚含有一种更强的加味。所以我往往不顾自己的画技与文笔的拙陋，动辄描摹。因为我的儿女都是孩子们，最年长的不过九岁，所以我对于儿女的关心与悬念中，有一部分是对于孩子们——普天下的孩子们——的关心与悬念。他们成人以后我对他们怎样？现在自己也不能晓得，但可推知其一定与现在不同，因为不复含有那种加味了。

回想过去四个月的悠闲宁静的独居生活，在我也颇觉得可恋，又可感谢。然而一旦回到故乡的平屋里，被围在一群儿女的中间的时候，我又不禁自伤了。因为我那种生活，或枯坐默想，或钻研搜求，或敷衍应酬，比较起他们的天真、健全、活跃的生活来，明明是变态的、病的、残废的。

有一个炎夏的下午，我回到家中了。第二天的傍晚，我领了四个孩子——九岁的阿宝、七岁的软软、五岁的瞻瞻、三岁的阿韦——到小院中的槐荫下，坐在地上吃西瓜。夕暮的紫色中，炎阳的红味渐渐消减，凉夜的青味渐渐加浓起来。微风吹动孩子们的细丝一般的头发，身体上汗气已经全消，百感畅快的时候，孩子们似乎已经充溢着生的欢喜，非发泄不可了。最初是三岁的孩子的音乐的表现，他满足之余，笑嘻嘻摇摆着身子，口中一面嚼西瓜，一面发出一种像花猫偷食时候的"ngam ngam"的声音来。这音乐的表现立刻唤起了五岁的瞻瞻的共鸣，他接着发表他的诗："瞻瞻吃西瓜，宝姊姊吃西瓜，软软吃西瓜，阿韦吃西瓜。"这诗的表现又立刻引起了七岁与九岁的孩子的散文的、数学的兴味：他们立刻把瞻瞻的诗句的意义归纳起来，报告其结果："四个人吃四块西瓜。"

于是我就做了评判者，在自己心中批判他们的作品。我觉得三岁的阿韦的音乐的表现最为深刻而完全，最能全般表出他的欢喜的感情。五岁的瞻瞻把这欢喜的感情翻译为（他的）诗，已打了一个折扣；然尚带着节奏与旋律的分子，犹有活跃的生命流露着。至于软软与阿宝的散文的、数学的、概念的表现，比较起来更肤浅一层。然而看他们的态度，全部精神没入在吃西瓜的一事中，其明慧的心眼，比大人们所见的完全得多。天地间最健全的心眼，只是孩子们的所有物，世间事物的真相，只有孩子们能最明确、最完全地见到。我比起他们来，真的心眼已经被世智尘劳所蒙蔽，所斫丧，是一个可怜的残疾者了。我实在不敢受他们"父亲"的称呼，倘然"父亲"是尊崇的。

我在平屋的南窗下暂设一张小桌子，上面按照一定的秩序而布置着稿纸、信笺、笔砚、墨水瓶、糨糊瓶、时表和茶盘等，不喜欢别人来任意移动，这是我独居时的惯癖。我——我们大人——平常的举止，总是谨慎、细心、端详、斯文。例如磨墨、放笔、倒茶等，都小心从事，故桌上的布置每日依然，不致破坏或扰乱。因为我的手足的筋觉已经由于屡受物理的教训而深深地养成一种谨惕的惯性了。然而孩子们一爬到我的案上，就捣乱我的秩序，破坏我的桌上的构图，毁损我的器物。他们拿起自来水笔来一挥，洒了一桌子又一衣襟的墨水点；又把笔尖蘸在糨糊瓶里。他们用劲拔开毛笔的铜笔套，手背撞翻茶壶，壶盖打碎在地板上……这在当时实在使我不耐烦，我不免哼喝他们，夺脱他们手里的东西，甚至批他们的小颊。然而我立刻后悔：哼喝之后立刻继之以笑，夺了之后立刻加倍奉还，批颊的手在中途软却，终于变批为抚。因为我立刻自悟其非：我要求孩子们的举止同我自己一样，何其乖谬！我——我们大人——的举止谨惕，是为了身体手足的筋觉已经受了种种现实的压迫而痉挛了的缘故。孩子们尚保有天赋的健全的身手与真朴活跃的元气，岂像我们的穷屈？揖让、进退、规行、矩步等大人们的礼貌，犹如刑具，都是戕贼这天赋的健全的身手的。于是活跃的人逐渐变成了手足麻痹、半身不遂的残废者。残废者要求健全者的举止同他自己一样，何其乖谬！

儿女对我的关系如何？我不曾预备到这世间来做父亲，故心中常是疑惑不明，又觉得非常奇怪。我与他们（现在）完全是异世界的人，他们比我聪明、健全得多；然而他们又是我所生的儿女。这是何等奇妙的关系！世人以膝下有儿女为幸福，希望以儿女永续其自我，我实在不解他们的心理。我以为世间人与人的关系，最自然最合理的莫如朋友。君臣、父子、昆弟、夫妇之情，在十分自然合理的时候都不外乎是一种广义的友谊。所以朋友之情，实在是一切人情的基础。"朋，同类也。"并育于大地上的人，都是同类的朋友，共为大自然的儿女。世间的人，忘却了他们的大父母，而只知有小父母，以为父母能生儿女，儿女为父母所生，故儿女可以永续父母的自我，而使之永存。于是无子者叹天道之无知，子不肖者自伤其天命，而狂进杯中之物，其实天道有何厚薄于其齐生并育的儿女！我真不解他们的心理。

近来我的心为四事所占据了：天上的神明与星辰，人间的艺术与儿童。这小燕子似的一群儿女，是在人世间与我因缘最深的儿童，他们在我心中占有与神明、星辰、艺术同等的地位。

蘆菔
生児芥有孫

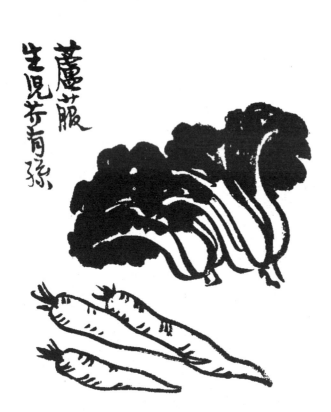

# 华瞻的日记

一

　　隔壁二十三号里的郑德菱，这人真好！今天妈妈抱我到门口，我看见她在水门汀上骑竹马。她对我一笑，我分明看出这一笑是叫我去一同骑竹马的意思。我立刻还她一笑，表示我极愿意，就从母亲怀里走下来，和她一同骑竹马了。两人同骑一只竹马，我想转弯了，她也同意；我想走远一点，她也欢喜；她说让马儿吃点草，我也高兴；她说把马儿系在冬青上，我也觉得有理。我们真是同志和朋友！兴味正好的时候，妈妈出来拉住我的手，叫我去吃饭。我说："不高兴。"妈妈说："郑德菱也要去吃饭了！"果然郑德菱的哥哥叫着"德菱！"也走出来拉住郑德菱的手去了。我只得跟了妈妈进去。当我们将走进各自的门口的时候，她回头向我一看，我也回头向她一看，各自进去，不见了。

　　我实在无心吃饭。我晓得她一定也无心吃饭。不然，何以分别的时候她不对我笑，而且脸上很不高兴呢？我同她在一块，真是说不出的有趣。吃饭何必急急？即使要吃，尽可在空的时候吃。其实照我想来，像我们这样的同志，天天在一块吃饭，在一块睡觉，多好呢？何必分作两家？即使要分作两家，反正爸爸同郑德菱的爸爸很要好，妈妈也同郑德菱的妈妈常常谈笑，尽可你们大人作一块，我们小孩子作一块，不更好吗？

这"家"的分配法，不知是谁定的，真是无理之极了。想来总是大人们弄出来的。大人们的无理，近来我常常感到，不止这一端：那一天爸爸同我到先施公司去，我看见地上放着许多小汽车、小脚踏车，这分明是我们小孩子用的；但是爸爸一定不肯给我拿一部回家，让它许多空摆在那里。回来的时候，我看见许多汽车停在路旁；我要坐，爸爸一定不给我坐，让它们空停在路旁。又有一次，娘姨抱我到街里去，一个掮着许多小花篮的老太婆，口中吹着笛子，手里拿着一只小花篮，向我看，把手中的花篮递给我；然而娘姨一定不要，急忙抱我走开去。这种小花篮，原是小孩子玩的，况且那老太婆明明表示愿意给我，娘姨何以一定叫我不要接呢？娘姨也无理，这大概是爸爸教她的。

我最欢喜郑德菱。她同我站在地上一样高，走路也一样快，心情志趣都完全投合。宝姊姊或郑德菱的哥哥，有些不近情的态度，我看他们不懂。大概是他们身体长大，稍近于大人，所以心情也稍像大人的无理了。宝姊姊常常要说我"痴"。我对爸爸说，要天不下雨，好让郑德菱出来，宝姊姊就用指点着我，说："瞻瞻痴！"怎么叫"痴"？你每天不来同我玩耍，夹了书包到学校里去，难道不是"痴"吗？爸爸整天坐在桌子前，在文章格子上一格一格地填字，难道不是"痴"吗？天下雨，不能出去玩，不是讨厌的吗？我要天不要下雨，正是近情合理的要求。我每天晚快听见你要爸爸开电灯，爸爸给你开了，满房间就明亮；现在我也要爸爸叫天不下雨，爸爸给我做了，晴天岂不也爽快呢？你何以说我"痴"？郑德菱的哥哥虽然没有说我什么，然而我总讨厌他。我们玩耍的时候，他常常板起脸，来拉郑德菱，说："赤了脚到人家家里，不怕难为情！"又说："吃人家的面包，不怕难为情！"立刻拉了她去。"难为情"是大人们惯说的话，大人们常常不怕厌气，端坐在椅子里，点头，弯腰，说什么"请，请""对不起""难为情"一类的无聊的话，他们都有点像大人了！

啊！我很少知己！我很寂寞！母亲常常说我"会哭"，我哪得不哭呢？

二

今天我看见一种奇怪的现状：

吃过糖粥，妈妈抱我走到吃饭间里的时候，我看见爸爸身上披一块大白布，垂头丧气地朝外坐在椅子上，一个穿黑长衫的麻脸的陌生人，拿一把闪亮的小刀，竟在爸爸后头颈里用劲地割。啊哟！这是何等奇怪的现状！大人们的所为，真是越看越稀奇了！爸爸何以甘心被这麻脸的陌生人割呢？痛不痛呢？

更可怪的，妈妈抱我走到吃饭间里的时候，她明明也看见这爸爸被割的骇人的现状，然而她竟毫不介意，同没有看见一样。宝姊姊夹了书包从天井里走进来，我想她见了一定要哭，谁知她只叫一声"爸爸"，向那可怕的麻子一看，就全不经意地到房间里去挂书包了。前天爸爸自己把手指割开了，她不是大叫"妈妈"，立刻去拿棉花和纱布来吗？今天这可怕的麻子咬紧了牙齿割爸爸的头，何以妈妈和宝姊姊都不管呢？我真不解了。可恶的，是那麻子。他耳朵上还夹着一支香烟，同爸爸夹铅笔一样。他一定是没有铅笔的人，一定是坏人。

后来爸爸挺起眼睛叫我："华瞻，你也来剃头，好否？"

爸爸叫过之后，那麻子就抬起头来，向我一看，露出一颗闪亮的金牙齿来。我不懂爸爸的话是什么意思，我真怕极了。我忍不住抱住妈妈的项颈而哭了。这时候妈妈、爸爸和那个麻子说了许多话，我都听不清楚，又不懂，只听见"剃头""剃头"，不知是什么意思。我哭了，妈妈就抱我由天井里走出门外。走到门边的时候，我偷眼向里边一望，从窗缝窥见那麻子又咬紧牙齿，在割爸爸的耳朵了。

门外有学生在抛球，有兵在体操，有火车开过。妈妈叫我不要哭，叫我看火车。我悬念着门内的怪事，没心情去看风景，只是凭在妈妈的肩上。

我恨那麻子，这一定不是好人。我想对妈妈说，拿棒去打他。然而我终于不说。因为据我的经验，大人们的意见往往与我相左。他们往往不讲道理，硬要吃最不好吃的"药"，硬要我做最难当的"洗脸"，或坚不许我弄最有趣的水、最好看的火。今天的怪事，他们对之都漠然，意见一定又是与我相左的。我若提议去打，一定不被赞成。横竖拗不过他们，算了吧。我只有哭！最可怪的，平常同情于我的弄水弄火的宝姊姊，今天也跳出门来笑我，跟了妈妈说我"痴子"。我只有独自哭！有谁同情于我的哭呢？

到妈妈抱了我回来的时候，我才仰起头，预备再看一看，这怪事怎么样了？那可恶的麻子还在否？谁知一跨进墙门槛，就听见"啪，啪"的声音，走进吃饭间，我看见那麻子正用拳头打爸爸的背。"啪，啪"的声音，正是打的声音。可见他一定是用力打的，爸爸一定很痛。然而爸爸何以任他打呢？妈妈何以又不管呢？我又哭。妈妈急急地抱我到房间里，对娘姨讲些话，两人都笑起来，都对我讲了许多话。然而我还听见隔壁打人的"啪，啪"的声音，无心去听她们的话。

爸爸不是说过"打人是最不好的事"吗？那一天软软不肯给我香烟牌子，我打了她一掌，爸爸曾经骂我，说我不好；还有那一天我打碎了寒暑表，妈妈打了我一下屁股，爸爸立刻抱我，对妈妈说"打不行"。何以今天那麻子在打爸爸，大家不管呢？我继续哭，我在妈妈的怀里睡去了。

我醒来，看见爸爸坐在披雅娜（即钢琴）旁边，似乎无伤，耳朵也没有割去，不过头很光白，像和尚了。我见了爸爸，立刻想起了睡前的怪事，然而他们——爸爸、妈妈等——仍是毫不介意，绝不谈起。我一回想，心中非常恐怖又疑惑。明明是爸爸被割项颈，割耳朵，又被用拳头打，大家却置之不问，任我一个人恐怖又疑惑。唉！有谁同情于我的恐怖？有谁为我解释这疑惑呢？

暗殺
其一

TK

# 阿难

　　往年我妻曾经遭逢小产的苦难。在半夜里，六寸长的小孩辞了母体而默默地出世了。医生把他裹在纱布里，托出来给我看，说道："很端正的一个男孩！指爪都已完全了，可惜来得早了一点！"我正在惊奇地从医生手里窥看的时候，这块肉忽然动起来，胸部一跳，四肢同时一撑，宛如垂死的青蛙的挣扎。我与医生大家吃惊，屏息守视了良久，这块肉不再跳动，后来渐渐发冷了。

　　唉！这不是一块肉，这是一个生灵，一个人。他是我的一个儿子，我要给他取名字：因为在前有阿宝、阿先、阿瞻，他母亲又为他而受难，故名曰"阿难"。阿难的尸体给医生拿去装在防腐剂的玻璃瓶中；阿难的一跳印在我的心头。

　　阿难！一跳是你的一生！你的一生何其草草？你的寿命何其短促？我与你的父子的情缘何其浅薄呢？

　　然而这等都是我的妄念。我比起你来，没有什么大差异。数千万光年中的七尺之躯，与无穷的浩劫中的数十年，叫作"人生"。自有生以来，这"人生"已被反复了数千万遍，都像昙花泡影地倏现倏灭，现在轮到我在反复了。所以我即使活了百岁，在浩劫中与你的一跳没有什么差异。今我嗟伤你的

025

短命，真是九十九步的笑百步。

阿难！我不再为你嗟伤，我反要赞美你的一生的天真与明慧。原来这个我，早已不是真的我了。人类所造作的世间的种种现象，迷塞了我的心眼，隐蔽了我的本性，使我对于扰攘奔逐的地球上的生活，渐渐习惯，视为人生的当然而恬不为怪。实则堕地时的我的本性，已经所丧无余了。我尝读《西青散记》，对于史震林的自序中的这数语："余初生时，怖夫天之乍明乍暗，家人曰：昼夜也。怪夫人之乍有乍无，曰：生死也。教余别星，曰：孰箕斗；别禽，曰：孰鸟鹊，识所始也。生以长，乍暗乍明乍有乍无者，渐不为异。间于纷纷混混之时，自提其神于太虚而俯之，觉明暗有无之乍乍者，微可悲也。"非常感动，为之掩卷悲伤，仰天太息。以前我常常赞美你的宝姊姊与瞻哥哥，说他们的儿童生活何等的天真、自然，他们的心眼何等的清白、明净，为我所万不敢望。然而他们哪里比得上你，他们的视你，亦犹我的视他们。他们的生活虽说天真、自然，他们的眼虽说清白、明净，然他们终究已经有了这世间的知识，受了这世间的种种诱惑，染了这世间的色彩，一层薄薄的雾障已经笼罩了他们的天真与明净了。你的一生，完全不着这世间的尘埃。你是完全的天真、自然、清白、明净的生命。世间的人，本来都像你那样的天真明净的生命，一入人世，便如入了乱梦，得了狂疾，颠倒迷离，直到困顿疲毙，始仓皇地逃回生命的故乡。这是何等昏昧的痴态！你的一生只有一跳，你在一秒间干净地了结你在人世间的一生，你堕地立刻解脱。正在中风狂走的我，更何敢企望你的天真与明慧呢？

　　我以前看了你的宝姊姊瞻哥哥的天真烂漫的儿童生活，惋惜他们的黄金时代的将逝，常常作这样的异想："小孩子长到十岁左右无病地自己死去，岂不完成了极有意义与价值的一生呢？"但现在想想，所谓"儿童的天国""儿童的乐园"，其实贫乏而低小得很，只值得颠倒困疲的浮世苦者的艳羡而已，又何足挂齿？像你的以一跳了生死，绝不撄浮生之苦，不更好吗？在浩劫中，人生原只是一跳。我在你的一跳中瞥见一切的人生了。

　　然而这仍是我的妄念。宇宙间人的生灭，犹如大海中的波涛的起伏。大波小波，无非海的变幻，无不归元于海，世间一切现象，皆是宇宙的大生命的显示。阿难！你我的情缘并不淡薄，你就是我，我就是你：无所谓你我了！

雀巢可俯而窺

# 做父亲

楼窗下的弄里远地传来一片声音："咿哟，咿哟……"渐近渐响起来。

一个孩子从算草簿中抬起头来，张大眼睛倾听一会儿，"小鸡！小鸡！"叫了起来。四个孩子同时放弃手中的笔，飞奔下楼，好像路上的一群麻雀听见了行人的脚步声而飞去一般。我刚才扶起他们所带倒的凳子，拾起桌子上滚下去的铅笔，听见大门口一片呐喊："买小鸡！买小鸡！"其中又混着哭声。连忙下楼一看，原来元草因为落伍而狂奔，在庭中跌了一跤，跌痛了膝盖骨不能再跑，恐怕小鸡被哥哥、姐姐们买完了轮不着他，所以激烈地哭着。我扶了他走出大门口，看见一群孩子正向一个挑着一担"咿哟，咿哟"的人招呼，欢迎他走近来。元草立刻离开我，上前去加入团体，且跳且喊："买小鸡！买小鸡！"泪珠跟了他的一跳一跳而从脸上滴到地上。

孩子们见我出来，大家回转身来包围了我。"买小鸡！买小鸡！"的喊声由命令的语气变成了请愿的语气，喊得比之前更响了。他们仿佛想把这些音蓄入我的身体中，希望它们由我的口上开出来。独有元草直接拉住了担子的绳而狂喊。

我全无养小鸡的兴趣；而且想起了以后的种种麻烦，觉得可怕。但乡居寂寥，绝对摒除外来的诱惑而强迫一群孩子在看惯的几间屋子里隐居这一个星期日，似也有些残忍。且让这个"咿哟咿哟"来打破门庭的岑寂，当作长闲的春昼的一种点缀吧。我就招呼挑担的，叫他把小鸡给我们看看。

他停下担子，揭开前面的一笼。"咿哟，咿哟"的声音忽然放大。但见一个细网的下面，蠕动着无数可爱的小鸡，好像许多活的雪球。五六个孩子蹲集在笼子的四周，一齐倾情地叫着："好来！好来！"一瞬间我的心也摒绝了思虑而没入在这些小动物的姿态的美中。体会了孩子们对于小鸡的热爱的心情。许多小手伸入笼中，竟指一只纯白的小鸡，有的几乎要隔网捉住它。挑担的忙把盖子无情地冒上，许多"咿哟，咿哟"的雪球和一群"好来，好来"的孩子就变成了咫尺天涯。孩子们怅望笼子的盖，依附在我的身边，有的伸手摸我的袋。我就向挑担的人说话：

"小鸡卖几钱一只？"

"一块洋钱四只。"

"这样小的，要卖二角半钱一只？可以便宜些否？"

"便宜勿得，二角半钱最少了。"

他说过，挑起担子就走。大的孩子脉脉含情地目送他，小的孩子拉住了我的衣襟而连叫："要买！要买！"挑担的越走得快，他们喊得越响，我摇手止住孩子们的喊声，再向挑担的问：

"一角半钱一只卖不卖？给你六角钱买四只吧！"

"没有还价！"

他并不停步，但略微旋转头来说了这一句话，就赶紧向前面跑。"咿哟，咿哟"的声音渐渐地远起来了。

元草的喊声就变成哭声。大的孩子锁着眉头不绝地探望挑担者的背影，又注视我的脸色。我用手掩住了元草的口，再向挑担人远远地招呼：

"二角大洋一只，卖了吧！"

"没有还价！"

他说过便昂然地向前进行。悠长地叫出一声："卖——小——鸡——！"其背影便在弄口的转角上消失了。我这里只留着一个号啕大哭的孩子。

对门的大嫂子曾经从矮门上探头出来看过小鸡，这时候就拿着针线走出来，倚在门上，笑着劝慰哭的孩子，她说：

"不要哭！等一会儿还有担子挑来，我来叫你呢！"

她又笑着向我说：

"这个卖小鸡的想做好生意。他看见小孩子哭着要买，越是不肯让价了。昨天坍墙圈里买的一角洋钱一只，比刚才的还大一半呢！"

我同她略谈了几句，硬拉了哭着的孩子回进门来。别的孩子也懒洋洋地跟了进来。我原想为长闲的春昼找些点缀而走出门口来的，不料讨个没趣，扶了一个哭着的孩子而回进来。庭中柳树正在骀荡的春光中摇曳柔条，堂前的燕子正在安稳的新巢上低回软语。我们这个刁巧的挑担者和痛哭的孩子，在这一片和平美丽的春景中很不调和啊！

关上大门，我一面为元草揩拭眼泪，一面对孩子们说：

"你们大家说'好来，好来''要买，要买'，那人就不肯让价了！"

小的孩子听不懂我的话，继续抽噎着；大的孩子听了我的话若有所思。

我继续抚慰他们：

"我们等一会儿再来买吧，隔壁大妈会喊我们的。但你们下次……"

我不说下去了。因为下面的话是"看见好的嘴上不可说好，想要的嘴上不可说要"。倘再进一步，就变成"看见好的嘴上应该说不好，想要的嘴上应该说不要"了。在这一片天真烂漫光明正大的春景中，向哪里容藏这样教导孩子的一个父亲呢？

# 忆儿时

## 一

我回忆儿时，有三件不能忘却的事。

第一件是养蚕。那是我五六岁时，我的祖母在日的事。我的祖母是一个豪爽而善于享乐的人，良辰佳节不肯轻轻放过。养蚕也每年大规模地举行。其实，我长大后才晓得，祖母的养蚕并非专为图利，叶贵的年头常要蚀本，然而她喜欢这暮春的点缀，故每年大规模地举行。我所喜欢的是，最初是蚕落地铺。那时我们的三开间的厅上、地上统是蚕，架着经纬的跳板，以便通行及饲叶。蒋五伯挑了担到地里去采叶，我与诸姐跟了去，去吃桑葚。蚕落地铺的时候，桑葚已很紫很甜了，比杨梅好吃得多。我们吃饭之后，又用一张大叶做一只碗，采了一碗桑葚，跟了蒋五伯回来。蒋五伯饲蚕，我就以走跳板为戏乐，常常失足翻落地铺里，压死许多蚕宝宝，祖母忙喊蒋五伯抱我起来，不许我再走。然而这满屋的跳板，像棋盘街一样，又很低，走起来一点也不怕，真有乐趣。这真是一年一度的难得的乐事！所以虽然祖母禁止，我总是每天要去走。

蚕上山之后，全家静默守护，那时不许小孩子们吵了，我暂时感到沉闷。然而过了几天，采茧，做丝，热闹的空气又浓起来。我们每年照例请牛桥头七娘娘来做丝。蒋五伯每天买枇杷和软糕来给采茧、做丝、烧火的人吃。大家认为现在是辛苦而有希望的时候，应该享受这点心，都不客气地取食，我也无功受禄地天天吃多量的枇杷与软糕，这又是乐事。

七娘娘做丝休息的时候，捧了水烟筒，伸出她左手上的短少半段的小指给我看，对我说："做丝的时候，丝车后面，是万万不可走近去的。"她的小指，便是小时候不留心被丝车轴棒轧脱的。她又说："小囡囡不可走近丝车后面去，只管坐在我身旁，吃枇杷，吃软糕。还有做丝做出来的蚕蛹，叫妈妈油炒一炒，真好吃哩！"然而我始终不要吃蚕蛹，大概是我爸爸和诸姐都不吃的缘故。我所乐的，只是那时候家里的非常的空气。日常固定不动的堂窗、长台、八仙椅子，都收拾去，而变成不常见的丝车、匾、缸。又不断地公然地可以吃小食。

丝做好后，蒋五伯口中唱着"要吃枇杷，来年蚕罢"，收拾丝车，恢复一切陈设。我感到一种兴尽的寂寥。然而对于这种变换，倒也觉得新奇而有趣。

现在我回忆这儿时的事，常常使我神往！祖母、蒋五伯、七娘娘和诸姐都像童话里、戏剧里的人物了。且在我看来，他们当时这剧的主人公便是我。何等甜美的回忆！只是这剧的题材，现在我仔细想想觉得不好：养蚕做丝，在生计上原是幸福的，然其本身是数万的生灵的杀虐！《西青散记》里面有两句仙人的诗句："自织藕丝衫子嫩，可怜辛苦赦春蚕。"

安得人间也发明织藕丝的丝车，而尽赦天下的春蚕的性命！

我七岁上祖母死了，我家不复养蚕。不久父亲与诸姐弟相继死亡，家道衰弱了，我的幸福的儿时也过去了。因此这回忆一面使我永远神往，一面又使我永远忏悔。

二

第二件不能忘却的事，是父亲的中秋赏月，而赏月之乐的中心，在于吃蟹。

我的父亲中了举人之后，科举就废，他无事在家，每天吃酒、看书。他不要吃羊、牛、猪肉，而喜欢吃鱼、虾之类。而对于蟹，尤其喜欢。自七八月起直到冬天，父亲平日的晚酌规定吃一只蟹，一碗隔壁豆腐店里买来的开锅热豆腐干。他的晚酌，时间总在黄昏。八仙桌上一盏洋油灯，一把紫砂酒壶，一只盛热豆腐干的碎瓷盖碗，一把水烟筒，一本书，桌子角上一只端坐的老猫，我脑中这印象非常深刻，到现在还可以清楚地浮现出来，我在旁边看，有时他给我一只蟹脚或半块豆腐干。然我喜欢蟹脚。蟹的味道真好，我们五个姊妹兄弟，都喜欢吃，也是为了父亲喜欢吃的缘故。只有母亲与我们相反，喜欢吃肉，而不喜欢又不会吃蟹，吃的时候常常被蟹螯上的刺刺开手指，出血；而且抉剔得很不干净。父亲常常说她是外行。父亲说："吃蟹是风雅的事，吃法也要内行才懂得。先折蟹脚，后开蟹斗……脚上的拳头（即关节）里的肉怎样可以吃干净，脐里的肉怎样可以剔出……脚爪可以当作剔肉的针……蟹螯上的骨头可以拼成一只很好看的蝴蝶……"父亲吃蟹真是内行，吃得非常干净。所以陈妈妈说："老爷吃下来的蟹壳，真是蟹壳。"

蟹的储藏所，就在开井角落里的缸里，经常总养着十来只。到了七夕、七月半、中秋、重阳等节候上，缸里的蟹就满了，那时我们都有得吃，而且每人得吃一大只，或一只半。尤其是中秋一天，兴致更浓。在深黄昏，移桌子到隔壁的白场上的月光下面去吃。更深人静，明月底下只有我们一家的人，恰好围成一桌，此外只有一个供差使的红英坐在旁边。大家谈笑，看月亮，他们——父亲和诸姐——直到月落明光，我则半途睡去，与父亲和诸姐不分而散。

这原是为了父亲嗜蟹，以吃蟹为中心而举行的。故这种夜宴，不仅限于中秋，有蟹的季节里的月夜，无端也要举行数次。不过不是良辰佳节，我们少吃一点。有时两人分吃一只。我们都学父亲，剥得很精细，剥出来的肉不是立刻吃的，都积受在蟹斗里，剥完之后，放一点姜醋，拌一拌，就作为下饭的菜，此外没别的菜了。因为父亲吃菜是很省的，而且他说蟹是至味，吃蟹时混吃别的菜肴，是乏味的。我们也学他，半蟹斗的蟹肉，过两碗饭还有余，就可得父亲的称赞，又可以白口吃下余多的蟹肉，所以大家都勉力节省。现在回想那时候，半条蟹腿肉要过两大口饭，这滋味真好！自父亲死了以后，我不曾再尝这种好滋味。现在，我已经自己做父亲，况且已经茹素，当然永远不会再尝这滋味了。唉！儿时欢乐，何等使我神往！

然而这一剧的题材，仍是生灵的杀虐！因此这回忆一面使我永远神往，一面又使我永远忏悔。

## 三

第三件不能忘却的事，是与隔壁豆腐店里的王囡囡的交游，而这交游的中心，在于钓鱼。

那是我十二三岁时的事，隔壁豆腐店里的王囡囡是当时我的小伴侣中的大阿哥。他是独子，他的母亲、祖母和大伯，都很疼爱他，给他许多的钱和玩具，而且每天放任他在外游玩。他家与我家贴邻而居。我家的人们每天赴市，必须经过他家的豆腐店的门口，两家的人们朝夕相见，互相来往。小孩们也朝夕相见，互相来往。此外他家对于我家似乎还有一种邻人以上的深切的交谊，故他家的人对于我特别要好，他的祖母常常拿自产的豆腐干、豆腐衣等来送给我父亲下酒。同时在小侣伴中，王囡囡也特别和我要好。他的年纪比我大，气力比我好，生活比我丰富，我们一道游玩的时候，他时时引导我，照顾我，犹似长兄对于幼弟。我们有时就在我家的染坊店里的榻上玩耍，有时相偕出游。他的祖母每次看见我俩一同玩耍，必叮嘱囡囡好好看待我，勿要相骂。我听人说，他家似乎曾经患难，而我父亲曾经帮他们忙，所以他家大人们吩咐王囡囡照应我。

我起初不会钓鱼，是王囡囡教我的。他叫大伯买两副钓竿，一副送我，一副他自己用。他到米桶里去捉许多米虫，浸在盛水的罐头里，领了我到木场桥去钓鱼。他教给我看，先捉起一个米虫来，把钓钩从虫尾穿进，直穿到头部。然后放下水去。他又说："浮珠一动，你要立刻拉，那么钩子钩住鱼的颚，鱼就逃不脱。"我照他所教的试验，果然第一天钓了十几头白条，然而都是他帮我拉钓竿的。

第二天，他手里拿了半罐头扑杀的苍蝇，又来约我去钓鱼。途中他对我说："不一定是米虫，用苍蝇钓鱼更好。鱼喜欢吃苍蝇！"这一天我们钓了一小桶各种的鱼。回家的时候，他把鱼桶送到我家里，说他不要。我母亲就叫红英去煎一煎，给我下晚饭。

自此以后，我只管喜欢钓鱼。不一定要王囡囡陪去，自己一人也去钓，又学得了掘蚯蚓来钓鱼的方法。而且钓来的鱼，不仅够自己下晚饭，还可送给店里的人吃，或给猫吃。我记得这时候我的热心钓鱼，不仅出于游戏欲，又有几分功利的兴味在内。有三四个夏季，我热心于钓鱼，给母亲省了不少的菜蔬钱。

后来我长大了，赴他乡入学，不复有钓鱼的工夫。但在书中常常读到赞咏钓鱼的文句，例如什么"独钓寒江雪"，什么"渔樵度此身"，才知道钓鱼原来是很风雅的事。后来又晓得所谓"游钓之地"的美名称，是形容人的故乡的。我大受其煽惑，为之大发牢骚：我想"钓鱼确是雅的，我的故乡，确是我的游钓之地，确是可怀的故乡"。但是现在想想，不幸而这题材也是生灵的杀虐！

我的黄金时代很短，可怀念的又只有这三件事。不幸而都是杀生取乐，都使我永远忏悔。

# 梦痕

　　我的左额上有一条同眉毛一般长短的疤。这是我儿时游戏中在门槛上跌破了头颅而结成的。相面先生说这是破相，这是缺陷。但我自己美其名曰"梦痕"。因为这是我的梦一般的儿童时代所遗留下来的唯一的痕迹。由这痕迹可以探寻我的儿童时代的美丽的梦。

　　我四五岁时，有一天，我家为了"打送"（吾乡风俗，亲戚家的孩子第一次上门来做客，辞去时，主人家必做几盘包子送他，名曰"打送"）某家的小客人，母亲、姑母、婶母和诸姊们都在做米粉包子。厅屋的中间放一只大匾，匾的中央放一只大盘，盘内盛着一大堆黏土一般的米粉，和一大碗做馅用的甜甜的豆沙。母亲们大家围坐在大匾的四周。各人卷起衣袖，向盘内摘取一块米粉来，捏作一只碗的形状；夹取一筷豆沙来藏在这碗内；然后把碗口收拢来，做成一个圆子。再用手法把圆子捏成三角形，扭出三条绞丝花纹的脊梁来；最后在脊梁凑合的中心点上打一个红色的"寿"字印子，包子便做成。一圈一圈地陈列在大匾内，样子很是好看。

　　大家一边做，一边兴高采烈地说笑。有时说谁的做得太小，谁的做得太大；有时盛称姑母的做得太玲珑，有时笑指母亲的做得像个饼。笑语之声，充满一堂。这是年中难得的全家欢笑的日子。而在我，做孩子们的，在这种日子更有无上的欢乐；在准备做包子时，我得先吃一碗甜甜的豆沙。做的时候，我只要嚷闹一下子，母亲们会另做一只小包子来给我当场就吃。新鲜的米粉和新鲜的豆沙，热热地做出来就吃，味道是好不过的。我往往吃一只不够，再嚷闹一下子就得吃第二只。倘然吃第二只还不够，我可嚷着要替她们打"寿"字印子。这印子是不容易打的：蘸的水太多了，打出来一塌糊涂，看不出"寿"字；蘸的水太少了，打出来又不清楚；况且位置要摆得正，歪了就难看；打坏了又不能揩抹涂改。

所以我嚷着要打印子，是母亲们所最怕的事。她们便会和我商量，把做圆子收口时摘下来的一小粒米粉给我，叫我"自己做来自己吃"。这正是我所盼望的主目的！开了这个例之后，各人做圆子收口时摘下来的米粉，就都得照例归我所有。再不够时还得要求向大盘中扭一把米粉来，自由捏造各种黏土手工：捏一个人，团拢了，改捏一个狗；再团拢了，再改捏一支水烟管……捏到手上的龌龊都混入其中，而雪白的米粉变成了灰色的时候，我再向她们要一朵豆沙来，裹成各种三不像的东西，吃下肚子里去。这一天因为我嚷得特别厉害些，姑母做了两只小巧玲珑的包子给我吃，母亲又外加摘一团米粉给我玩。

为求自由，我不在那场上吃弄，拿了到店堂里，和五哥哥一同玩弄。五哥哥者，后来我知道是我们店里的学徒，但在当时我只知道他是我儿时的最亲爱的伴侣。他的年纪比我长，智力比我高，胆量比我大，他常做出种种我所意想不到的玩意儿来，使得我惊奇。这一天我把包子和米粉拿出去同他共玩，他就寻出几个印泥菩萨的小型的红泥印子来，教我印米粉菩萨。

后来我们争执起来，他拿了他的米粉菩萨逃，我就拿了我的米粉菩萨追。追到排门旁边，我跌了一跤，额骨磕在排门槛上，磕了眼睛大小的一个洞，便晕迷不省。等到知觉的时候，我已被抱在母亲手里，外科郎中蔡德本先生，正在用布条向我的头上重重叠叠地包裹。

自从我跌伤以后，五哥哥每天乘店里空闲的时候到楼上来省问我。来时必然偷偷地从衣袖里摸出些我所爱玩的东西来——例如关在自来火匣子里的几只叩头虫，洋皮纸人头，老菱壳做成的小脚，顺治铜钿磨成的小刀等——送给我玩，直到我额上结成这个疤。

讲起我额上的疤的来由，我的回想中印象最清楚的人物，莫如五哥哥。而五哥哥的种种可惊可喜的行状，与我的儿童时代的欢乐，也便跟了这回想而历历地浮出到眼前来。

他的行为的顽皮，我现在想起了还觉吃惊。但这种行为对于当时的我，有莫大的吸引力，使我时时刻刻追随他，自愿地做他的从者。他用手捉住一条大蜈蚣，摘去了它的有毒的钩爪，而藏在衣袖里，走到各处，随时拿出来吓人。我跟了他走，欣赏他的把戏。他有时偷偷地把这条蜈蚣放在别人的瓜皮帽子上，让它沿着那人的额骨爬下去，吓得那人直跳起来。有时怀着这条蜈蚣去登坑，等候邻席的登坑者正在拉粪的时候，把蜈蚣丢在他的裤子上，使得那人扭着裤子乱跳，累了满身的粪。又有时当众人面前他偷把这条蜈蚣放在自己的额上，假装被咬的样子而号啕大哭起来，使得满座的人惊惶失措，七手八脚地为他营救。正在危急存亡的时候，他伸起手来收拾了这条蜈蚣，忽然破涕为笑，一缕烟逃走了。

后来这套戏法渐渐做穿，有的人警告他说，若是再拿出蜈蚣来，要打头颈拳了。于是他换出别种花头来：他躲在门口，等候警告打头颈拳的人将走出门，突然大叫一声，倒身在门槛边的地上，乱滚乱撞，哭着嚷着，说是践踏了一条臂膀粗的大蛇，但蛇是已经攒进榻底下去了。走出门来的人被他这一吓，实在魂飞魄散；但见他的受难比他更深，也无可奈何他，只怪自己的运气不好。他看见一群人蹲在岸边钓鱼，便参加进去，和蹲着的人闲谈。同时偷偷地把其中相接近的两人的辫子梢头结住了，自己就走开，躲到远处去作壁上观。被结住的两人中若有一人起身欲去，滑稽剧就演出来给他看了。诸如此类的恶戏，不胜枚举。

现在回想他这种玩耍，实在近于为虐的戏谑。但当时他热心地创作，而热心地欣赏的孩子，也不止我一个。世间的严正的教育者，请稍稍原谅他的顽皮！我们的儿时，在私塾里偷偷地玩了一个折纸手工，是要遭先生用铜笔套管在额骨上猛钉几下，外加在至圣先师孔子之神位面前跪一支香的！

况且我们的五哥哥也曾用他的智力和技术来发明种种富有趣味的玩意，我现在想起了还可以神往。暮春的时候，他领我到田野去偷新蚕豆。把嫩的生吃了，而用老的来做"蚕豆水龙"。其做法，用煤头纸火把老蚕豆荚熏得半熟，剪去其下端，用手一捏，荚里的两粒豆就从下端滑出，再将荚的顶端稍稍剪去一点，使成一个小孔。然后把豆荚放在水里，待它装满了水，以一手的指捏住其下端而取出来，再以另一手的指用力压榨豆荚，一条细长的水带便从豆荚的顶端的小孔内射出。制法精巧的，射水可达一二丈之远。

他又教我"豆梗笛"的做法：摘取豌豆的嫩梗长约寸许，以一端塞入口中轻轻咬嚼，吹时便发嗜嗜之音。再摘取蚕豆梗的下段，长约四五寸，用指爪在梗上均匀地开几个洞，做成豆的样子。然后把豌豆梗插入这笛的一端，用两手的指随意启闭各洞而吹奏起来，其音宛如无腔之短笛。他又教我用洋蜡烛的油做种种的浇造和塑造。用芋艿或番薯镌刻种种的印版，大类现今的木版画。……诸如此类的玩意，亦复不胜枚举。

现在我对这些儿时的乐事久已缘远了。但在说起我额上的疤的来由时，还能热烈地回忆神情活跃的五哥哥和这种兴致蓬勃的玩意儿。谁言我左额上的疤痕是缺陷？这是我的儿时欢乐的佐证，我的黄金时代的遗迹。过去的事，一切都同梦幻一般地消灭，没有痕迹留存了。只有这个疤，好像是"脊杖二十，刺配军州"时打在脸上的金印，永久地明显地录着过去的事实，一说起就可使我历历地回忆前尘。仿佛我是在儿童世界的本贯地方犯了罪，被刺配到这成人社会的"远恶军州"来的。这无期的流刑虽然使我永无还乡之望，但凭这脸上的金印，还可回溯往昔，追寻故乡的美丽的梦啊！

林間的音樂隊

## 幸有我来山未孤

在我们以前，"人生"已被反复了数千万遍，
都像昙花泡影地倏现倏灭。

昨晚的成績

# 渐

　　使人生圆滑进行的微妙的要素，莫如"渐"；造物主骗人的手段，也莫如"渐"。在不知不觉之中，天真烂漫的孩子"渐渐"变成野心勃勃的青年；慷慨豪侠的青年"渐渐"变成冷酷的成人；血气旺盛的成人"渐渐"变成顽固的老头子。因为其变更是渐进的，一年一年地、一月一月地、一日一日地、一时一时地、一分一分地、一秒一秒地渐进，犹如从斜度极缓的长远的山坡上走下来，使人不察其递降的痕迹，不见其各阶段的境界，而似乎觉得常在同样的地位，恒久不变，又无时不有生的意趣与价值，于是人生就被确实肯定，而圆滑进行了。假使人生的进行不像山坡而像风琴的键板，由 do 忽然移到 re，即如昨夜的孩子今朝忽然变成青年；或者像旋律的"接离进行"地由 do 忽然跳到 mi，即如朝为青年而夕暮忽成老人，人一定要惊讶、感慨、悲伤，或痛感人生的无常，而不乐为人了。故可知人生是"渐"维持的。这在女人恐怕尤为必要：歌剧中，舞台上的如花的少女，就是将来火炉旁边的老婆子，这句话，骤听使人不能相信，少女也不肯承认，实则现在的老婆子都是由如花少女"渐渐"变成的。

　　人之能堪受境遇的变衰，也全靠这"渐"的助力。巨富的纨绔子弟因屡次破产而"渐渐"荡尽其家产，变为贫者；贫者只得做佣工，佣工往往变为奴隶，奴隶容易变为无赖，无赖与乞丐相去甚近，乞丐不妨做偷儿……这样的例，在小说中，在实际上，均多得很。因为其变衰是延长为十年二十年而一步一步地"渐渐"地达到的，在本人不感到什么强烈的刺激。故虽到了饥寒病苦刑笞交迫的地步，仍是熙熙然贪恋着目前的生的欢喜。假如一位千金之子忽然变了乞丐或偷儿，这人一定愤不欲生了。

这真是大自然的神秘的原则，造物主的微妙的功夫！阴阳潜移，春秋代序，以及物类的衰荣生杀，无不暗合于这法则。由萌芽的春"渐渐"变成绿荫的夏，由凋零的秋"渐渐"变成枯寂的冬。我们虽已经历数十寒暑，但在围炉拥衾的冬夜仍是难于想象饮冰挥扇的夏日的心情；反之亦然。然而由冬一天一天地、一时一时地、一分一分地、一秒一秒地移向夏，由夏一天一天地、一时一时地、一分一分地、一秒一秒地移向冬，其间实在没有显著的痕迹可寻。昼夜也是如此：傍晚坐在窗下看书，书页上"渐渐"地黑起来，倘不断地看下去（目力能因了光的渐弱而渐渐加强），几乎永远可以认识书页上的字迹，即不觉昼之已变为夜。黎明凭窗，不瞬目地注视东天，也不辨自夜向昼的推移的痕迹。儿女渐渐长大起来，在朝夕相见的父母全不觉得，难得见面的远亲就相见不相识了。往年除夕，我们曾在红蜡烛底下守候水仙花的开放，真是痴态！倘水仙花果真当面开放给我们看，便是大自然的原则的破坏，宇宙的根本的摇动，世界人类的末日临到了！

"渐"的作用，就是用每步相差极微极缓的方法来隐蔽时间的过去与事物的变迁的痕迹，使人误认其为恒久不变。这真是造物主骗人的一大诡计！这有一件比喻的故事：某农夫每天朝晨抱了犊而跳过一沟，到田里去工作，夕暮又抱了它跳过沟回家。每日如此，未尝间断。过了一年，犊已渐大，渐重，差不多变成大牛，但农夫全不觉得，仍是抱了它跳沟。有一天他因事停止工作，次日再就不能抱了这牛而跳沟了。造物的骗人，使人流连于其每日每时的生的欢喜而不觉其变迁与辛苦，就是用这个方法的。人们每日在抱了日重一日的牛而跳沟，不准停止。自己误以为是不变的，其实每日在增加其苦劳！

我觉得时辰钟是人生的最好的象征了。时辰钟的针，平常一看总觉得是"不动"的；其实人造物中最常动的无过于时辰钟的针了。日常生活中的人生也如此，刻刻觉得我是我，似乎这"我"永远不变，实则与时辰钟的针一样的无常！一息尚存，总觉得我仍是我，我没有变，还是流连着我的生，可怜受尽"渐"的欺骗！

"渐"的本质是"时间"。时间我觉得比空间更为不可思议，犹之时间艺术的音乐比空间艺术的绘画更为神秘。因为空间姑且不追究它如何广大或无限，我们总可以把握其一端，认定其一点。时间则全然无从把握，不可挽留，只有过去与未来在渺茫之中不绝地相追逐而已。性质上既已渺茫不可思议，分量上在人生也似乎太多。因为一般人对于时间的悟性，似乎只够支配搭船乘车的短时间；对于百年的长期间的寿命，他们不能胜任，往往迷于局部而不能顾及全体。试看乘火车的旅客中，常有明达的人，有的宁牺牲暂时的安乐而让其座位于老弱者，以求心的太平（或博暂时的美誉）；有的见众人争先下车，而退在后面，或高呼："勿要轧，总有得下去的！""大家都要下去的！"然而在乘"社会"或"世界"的大火车的"人生"的长期的旅客中，就少有这样的明达之人。所以我觉得百年的寿命，定得太长。像现在的世界上的人，倘定他们搭船乘车的期间的寿命，也许在人类社会上可减少许多凶险残惨的争斗，而与火车中一样的谦让，和平，也未可知。

然人类中也有几个能胜任百年的或千古的寿命的人。那是"大人格""大人生"。他们能不为"渐"所迷，不为造物所欺，而收缩无限的时间并空间于方寸的心中。故佛家能纳须弥于芥子。中国古诗人（白居易）说："蜗牛角上争何事？石火光中寄此身。"英国诗人（Blake①）也说："一粒沙里见世界，一朵花里见天国；手掌里盛住无限，一刹那便是永劫。"

---

① 即布莱克。在本书中作者译为"勃雷克"，见 P226。

# 缘

　　这是前年秋日的事：弘一法师云游经过上海，不知因了什么缘，他愿意到我的江湾的寓中来小住了。我在北火车站遇见他，从他手中接取了拐杖和扁担，陪他上车，来到江湾的缘缘堂，请他住在前楼，我自己和两个孩子住在楼下。

　　每天晚快，天色将暮的时候，我规定到楼上来同他谈话。他是过午不食的，我的夜饭吃得很迟。我们谈话的时间，正是别人的晚餐的时间。他晚上睡得很早，差不多同太阳的光一同睡着，一向不用电灯。所以我同他谈话，总在苍茫的暮色中。他坐在靠窗口的藤床上，我坐在里面椅子上，一直谈到窗外的灰色的天空衬出他的全黑的胸像的时候，我方才告辞，他也就歇息。这样的生活，继续了一个月。现在已变成丰富的回想的源泉了。

　　内中有一次，我上楼来见他的时候，看他脸上充满着欢喜之色，顺手向我的书架上抽一册书，指着书面上的字对我说道：

　　“谢颂羔居士，你认识他否？”

　　我一看他手中的书，是谢颂羔君所著的《理想中人》。这书他早已送我，我本来平放在书架的下层。我的小孩子欢喜火车游戏，前几天把这一堆平放的书拿出来，铺在床上，当作铁路。后来火车开毕了，我的大女儿来整理，把它们直放在书架的中层的外口，最容易拿着的地方。现在被弘一法师抽着了。

我就回答他说：

"谢颂羔君是我的朋友，一位基督教徒……"

"他这书很好！很有益的书！这位谢居士住在上海吗？"

"他在北四川路底的广学会中当编辑。我是常常同他见面的。"

说起广学会，似乎又使他感到非常的好意。他告诉我，广学会创办很早，他幼时，住在上海的时候，广学会就已成立。又说其中有许多热心而真挚的宗教徒，有一个外国教士李提摩太曾经关心于佛法，翻译过《大乘起信论》。说话归根于对《理想中人》及其著者谢颂羔居士的赞美。他说这种书何等有益，这著者何等可敬。又说他一向不看我书架上的书，今天偶然在最近便的地方随手抽着了这一册。读了很感激，以为我的书架上大概富有这类的书。检点一下，岂知别的都是关于绘画、音乐的日本文的书籍。他郑重地对我说：

"这是很奇妙的'缘'！"

我想用人工来造成他们的相见的缘，就乘机说道：

"几时我邀谢君来这里谈谈，如何？"

他说，请他来很对人不起。但他脸上明明表示着很盼望的神色。

过了几天，他写了一张横额，"慈良清直"四字，卷好，放在书架上。我晚快上去同他谈话的时候，他就拿出来命我便中送给谢居士。

次日，我就怀了这横额来到广学会，访问谢君，把这回事告诉他，又把这横额转送他。他听了，看了，也很感激，就对我说：

"下星期日我来访他。"

这一天，邻人陶戴良君备了素斋，请弘一法师到他寓中午餐。谢君和我也被邀了去。我在席上看见一个虔敬的佛徒和一个虔敬的基督徒相对而坐着，谈笑着。我心中不暇听他们的谈话，只是对着了目前的光景而冥想世间的"缘"的奇妙：目前的良会的缘，是我所完成的。但倘使谢君不著这册《理想中人》，或著而不送我，又倘使弘一法师不来我的寓中，或来而不看我书架上的书，今天的良会我也无从完成。再进一步想，这书原来久已埋在书架的下层，倘使我的小孩子不拿出来铺铁路，或我的大女儿整理的时候不把它放在可使弘一法师随手抽着的地方，今天这良会也决不会在世间出现。仔细想来，无论何事都是大大小小、千千万万"缘"所凑合而成，缺了一点就不行。世间的因缘何等奇妙不可思议——这是前年秋日的事。

现在谢君的《理想中人》要再版了，嘱我作序。我听见《理想中人》这一个书名，不暇看它的内容，心中又忙着回想前年秋日的良会的奇缘。就把这回想记在这书的卷首。

拾遺

# 大账簿

　　我幼年时候，有一次坐了船到乡间去扫墓。正靠在船窗口出神地观看船脚边的层出不穷的波浪，手中所持的不倒翁失足翻落河中。我眼看它跃入波浪中，向船尾方面滚腾而去，一刹那间形影俱杳，全部交付与不可知的渺茫的世界了。我看看自己的空手，又看看窗下的层出不穷的波浪，不倒翁失足的伤心地，再向船后面的茫茫的白水怅望了一回，心中黯然地起了疑惑与悲哀。我疑惑不倒翁此去的下落与结果究竟如何，又悲哀这永远不可知的命运。它也许随了波浪流去，搁住在岸滩上，落入于某村童的手中；也许被渔网打去，从此做了渔船上的不倒翁；又或永远沉沦在幽暗的河底，岁久化为泥土，世间从此不再见这个不倒翁。我晓得这不倒翁现在一定有个下落，将来也一定有个结果，然而谁能去调查呢？谁能知道这不可知的运命呢？这种疑惑与悲哀隐约地在我心头推移。终于我想：父亲或者知道这究竟，能解除我这种疑惑与悲哀。不然，将来我年纪长大起来，总有一天能知道这究竟，能解除这疑惑与悲哀。

　　后来我的年纪果然长大起来。然而这种疑惑与悲哀，非但依旧不能解除，反而随了年纪的长大而增多增深了。我偕了小学校里的同学赴郊外散步，偶然折取一根树枝，当手杖用了一回，后来抛弃在田间的时候，总要对它回顾好几次，心中自问自答："我不知几时得再见它？它此后的结果不知究竟如何？我永远不得再见它了！它的后事永远不可知了！"倘是独自散步，遇到这种事的时候我更要依依不舍地流连一回。有时已经走了几步，又回转身去，把所抛弃的东西重新拾起来，郑重地道个诀别，然后硬着头皮抛弃它，再向前走。过后我也曾自笑这痴态，而且明明晓得这些是人生中惜不胜惜的琐事；然而那种悲哀与疑惑确实地充塞在我的心头，使我不得不然！

在热闹的地方，忙碌的时候，我这种疑惑与悲哀也会被压抑在心的底层，而安然地支配取舍各种的事物，不复作如前的痴态。间或在动作中偶然浮起一点疑惑与悲哀来；然而大众的感化与现实的压迫的力非常伟大，立刻把它压制下去，它只在我的心头一闪而已。一到静僻的地方，孤独的时候，最是夜间，它们又全部浮出在我的心头了。灯下，我推开算术演草簿，提起笔来在纸上信手涂写日间所谙诵的诗句："春蚕到死丝方尽，蜡炬成灰……"没有写完，就拿向灯火上，烧着了纸的一角。我眼看见火势孜孜地蔓延过来，心中又忙着和个个字道别。完全变成了灰烬之后，我眼前忽然分明现出那张字纸的完全的原形；俯视地上的灰烬，又感到了暗淡的悲哀：假定现在我要再见一见一分钟以前分明存在的那张字纸，无论托绅董、县官、省长、大总统，仗世界一切皇帝的势力，或尧舜、孔子、苏格拉底、基督等一切古代圣哲复生，大家协力给我设法，也是绝对不可能的事了！——但这种奢望我决计没有。我只是看看那堆灰烬，想在没有区别的微尘中认识各个字的死骸，找出哪一点是春字的灰，哪一点是蚕字的灰。……又想象它明天朝晨被此地的仆人扫除出去，不知结果如何：倘然散入风中，不知它将分飞何处？春字的灰飞入谁家，蚕字的灰飞入谁家？……倘然混入泥土中，不知它将滋养哪几株植物？……都是渺茫不可知的千古的大疑问了。

吃饭的时候，一颗饭粒从碗中翻落在我的衣襟上。我顾视这颗饭粒，不想则已，一想又惹起一大篇的疑惑与悲哀来：不知哪一天哪一个农夫在哪一处田里种下一批稻，就中有一株稻穗上结着煮成这颗饭粒的谷。这粒谷又不知经过了谁的刈、谁的磨、谁的舂、谁的粜，而到了我们的家里，现在煮成饭粒，而落在我的衣襟上。这种疑问都可以有确实的答案；然而除了这颗饭粒自己晓得以外，世间没有一个人能调查、回答。

袋里摸出来一把铜板，分明个个有复杂而悠长的历史。钞票与银洋经过人手，有时还被打一个印；但铜板的经历完全没有痕迹可寻了。它们之中，有的曾为街头的乞丐的哀愿的目的物，有的曾为劳动者的血汗的代价，有的曾经换得一碗粥，救济一个饿夫的饥肠，有的曾经变成一粒糖，塞住一个小孩的啼哭，有的曾经参与在盗贼的赃物中，有的曾经安眠在富翁的大腹边，有的曾经安闲地隐居在毛厕的底里，有的曾经忙碌地兼备上述的一切的经历。且就中又有的恐怕不是初次到我的袋中，也未可知。这些铜板倘会说话，我一定要尊它们为上客，恭听它们历述其漫游的故事。倘然它们会记录，一定每个铜板可著一册比《鲁滨孙漂流记》更奇离的奇书。但它们都像死也不肯招供的犯人，其心中分明秘藏着案件的是非曲直的实情，然而死也不肯泄漏它们的秘密。

现在我已行年三十，做了半世以上的人。那种疑惑与悲哀在我胸中，分量日渐增多；但刺激日渐淡薄，远不及少年时代以前的新鲜而浓烈了。这是我用功的结果：因为我参考大众的态度，看他们似乎全然不想起这类的事，饭吃在肚里，钱进入袋里，就天下太平，梦也不做一个。这在生活上的确大有实益，我就拼命以大众为师，学习他们的幸福。学到现在三十岁，还没有毕业。所学得的，只是那种疑惑与悲哀的刺激淡薄了一点，然其分量仍是跟了我的经历而日渐增多。我每逢辞去一个旅馆，无论其房间何等坏，臭虫何等多，临去的时候总要低徊一下子，想起："我有否再住这房间的一日？"又慨叹："这是永远的诀别了！"每逢下火车，无论这旅行何等劳苦，同座的人何等可厌，临走的时候总要发生一种特殊的感想："我有否再和这人同座的一日？恐怕是对他永诀了！"但这等感想的出现非常短促而又模糊，像飞鸟的黑影在池上掠过一般，真不过数秒间在我心头一闪，过后就全无其事。我究竟已有了学习的工夫了。然而这也全靠在老师——大众——面前，方始可能。一旦不见了老师，而离群索居的时候，我的故态依然复萌。现在正是其时：春风从窗中送进一片白桃花的花瓣来，落在我的原稿纸上。这分明是从我家的院子里的白桃花树上吹下来的，然而有谁知道它本来生在哪一枝头的哪一朵花上呢？窗前地上白雪一般的无数的花瓣，分明各有其故枝与故萼，谁能一一调查其出处，使它们重归其故萼呢？疑惑与悲哀又来袭击我的心了。

总之，我从幼时直到现在，那种疑惑与悲哀不绝地袭击我的心，始终不能解除。我的年纪越大，知识越富，它的袭击的力也越大。大众的榜样的压迫愈严，它的反动也越强。倘一一记述我三十年来所经验的此种疑惑与悲哀的事例，其卷帙一定可同《四库全书》《大藏经》争多。然而也只限于我一个人在三十年的短时间中的经验；较之宇宙之大，世界之广，物类之繁，事变之多，我所经验的真不啻恒河中的一粒细沙。

我仿佛看见一册极大的大账簿，簿中详细记载着宇宙间世界上一切物类事变的过去、现在、未来三世的因因果果。自原子之细以至天体之巨，自微生虫的行动以至混沌的大劫，无不详细记载其来由、经过与结果，没有万一的遗漏。于是我从来的疑惑与悲哀，都可解除了。不倒翁的下落，手杖的结果，灰烬的去处，一一都有记录；饭粒与铜板的来历，一一都查究；旅馆与火车对我的因缘，早已注定在项下；片片白桃花瓣的故萼，都确凿可考。连我所屡次叹为永不可知的、院子里的沙堆的沙粒的数目，也确实地记载着，下面又注明哪几粒沙是我昨天曾经用手掬起来看过的。倘要从沙堆中选出我昨天曾经掬起来看过的沙，也不难按这账簿而探索——凡我在三十年中所见、所闻、所为的一切事物，都有极详细的记载与考证；其所占的地位只有书页的一角，全书的无穷大分之一。

我确信宇宙间一定有这册大账簿。于是我的疑惑与悲哀全部解除了。

惠而不費

# 剪网

　　大娘舅白相了"大世界"回来。把两包良乡栗子在桌子上一放，躺在藤椅子里，脸上现出欢乐的疲倦，摇摇头说：

　　"上海地方白相真开心！京戏、新戏、影戏、大鼓、说书、变戏法，什么都有；吃茶、吃酒、吃菜、吃点心，由你自选；还有电梯、飞船、飞轮、跑冰……老虎、狮子、孔雀、大蛇……真是无奇不有！唉，白相真开心，但是一想起铜钱就不开心。上海地方用铜钱真容易！倘然白相不要铜钱，哈哈哈哈……"

　　我也陪他"哈哈哈哈……"

　　大娘舅的话真有道理！"白相真开心，但是一想起铜钱就不开心"，这种情形我也常常经验。我每逢坐船、乘车、买物，不想起钱的时候总觉得人生很有意义，对于制造者的工人与提供者的商人很可感谢。但是一想起钱的一种交换条件，就减杀了一大半的趣味。教书也是如此：同一班青年或儿童一起研究，为一班青年或儿童讲一点学问，何等有意义，何等欢喜！但是听到命令式的上课铃与下课铃，做到军队式的"点名"，想到商贾式的"薪水"，精神就不快起来，对于"上课"的一事就厌恶起来。这与大娘舅的白相大世界情形完全相同。所以我佩服大娘舅的话有道理，陪他一个"哈哈哈哈……"

原来"价钱"的一种东西，容易使人限制又减小事物的意义。譬如像大娘舅所说："共和厅里的一壶茶要两角钱，看一看狮子要二十个铜板。"规定了事物的代价，这事物的意义就被限制，似乎吃共和厅里的一壶茶等于吃两只角子，看狮子不外乎是看二十个铜板了。然而实际共和厅里的茶对于饮者的我，与狮子对于看者的我，趣味决不止这样简单。所以倘用估价钱的眼光来看事物，所见的世间就只有钱的一种东西，而更无别的意义，于是一切事物的意义就被减小了。"价钱"，就是使事物与钱发生关系。可知世间其他一切的"关系"，都是足以妨碍事物的本身的存在的真意义的。故我们倘要认识事物的本身的存在的真意义，就非撤去其对于世间的一切关系不可。

大娘舅一定能够常常不想起铜钱而白相大世界，所以能这样开心而赞美。然而他只是撤去"价钱"的一种关系而已。倘能常常不想起世间一切的关系而在这世界里做人，其一生一定更多欢慰。对于世间的麦浪，不要想起是面包的原料；对于盘中的橘子，不要想起是解渴的水果；对于路上的乞丐，不要想起是讨钱的穷人；对于目前的风景，不要想起是某镇某村的郊野。倘能有这种看法，其人在世间就像大娘舅白相大世界一样，能常常开心而赞美了。

我仿佛看见这世间有一个极大而极复杂的网。大大小小的一切事物，都被牢结在这网中，所以我想把握某一种事物的时候，总要牵动无数的线，带出无数的别的事物来，使得本物不能孤独地明晰地显现在我的眼前，因之永远不能看见世界的真相。大娘舅在大世界里，只将其与"钱"相结的一根线剪断，已能得到满足而归来。所以我想找一把快剪刀，把这个网尽行剪破，然后来认识这世界的真相。

艺术、宗教，就是我想找来剪破这"世网"的剪刀吧！

THEY ARE THE EYES OF EQUALS

—TURGENIEV—

# 天的文学

晚上九点半钟以后,孩子们都已熟睡,别人不会再来找我,便是我自己的时间了。

照例喝过一杯茶,用大学眼药擦过眼睛,点起一支香烟,从书架上抽了一张星座图,悄悄地到门前的广场上去看星。

一支香烟是必要的。星座位置认不清楚的时候,可以把它当作灯,向图中探索一下。

看到北斗沉下去,只见斗柄的时候,我回到房间里,拿一册《天文学》来一翻。用铅笔在纸上试算:地球一匝为七万二千里,光每秒钟绕地球七匝,即每秒钟行五十万四千里;一小时有三千六百秒,一天有八万六千四百秒,一年有三万一千一百〇四万秒<sup>①</sup>;光走一年的路长,为五十万四千乘三万一千一百〇四万里,即一"光年"之长。自地球到织女星的距离为十光年,到牵牛星的距离为十四光年,到大熊星的星云要一千万光年!……我算到这里,忽然头痛起来,手里的铅笔沉重得不能移动,没有再算下去的精神了。于是放下铅笔,抛弃纸头,倒在床里了。

---

① 计算有误。应为三千一百五十三万六千秒。

　　我躺在床上，从枕上窥见窗外的星，如练的银河，"秋宵的女王"的织女，南王的热闹。啊，秋夜的盛妆！我忘记了我的头痛了。我脑中浮出朝华的诗句来："织女明星来枕上，了知身不在人间。"立刻似乎身轻如羽，翱翔于星座之间了。

　　我俯视银河之波澜，访问织女的孤居，抚慰卡丽斯德神女的化身的大熊……"地球，再会！"我今晚要徜徉于银河之滨，牛女北斗之间了。

　　第二天早晨起来，我脑中历历地残留着昨夜的星界漫游的记忆；可是昨夜的头痛，也还保留着一些余味。

　　我想：几万万里，几千万年，算它做什么？天文本来是"天的文学"，谁教你们算的?

# 晨梦

　　我常常在梦中晓得自己做梦。晨间，将醒未醒的时候，这种情形最多，这不是我一人独有的奇癖，讲出来常常有人表示同感。

　　近来我尤多经验这种情形：我妻到故乡去作长期的归宁，把两个小孩子留剩在这里，交托我管。我每晚要同他们一同睡觉。他们先睡，九点钟定静，我开始读书、作文，往往过了半夜，才钻进他们的被窝里。天一亮，小孩子就醒，像鸟儿似的在我耳边喧聒，又不绝地催我起身。然这时候我正在晨梦，一面隐隐地听见他们的喧聒，一面作梦中的遨游。他们叫我不醒，将嘴巴合在我的耳朵上，大声疾呼："爸爸！起身了！"立刻把我从梦境里拉出。有时我的梦正达于兴味的高潮，或还没有告段落，就回他们话，叫他们再唱一曲歌，让我睡一歇，连忙蒙上被头，继续进行我的梦游。这的确会继续进行，甚且打断两三次也不妨。不过那时候的情形很奇特：一面寻找梦的头绪，继续演进，一面又能隐隐地听见他们的唱歌声的断片。即一面在热心地做梦中的事，一面又知道这是虚幻的梦。有梦游的假我，同时又有伴小孩子睡着的真我。

　　但到了孩子大哭，或梦完结了的时候，我也就毅然地起身了。披衣下床，"今日有何要务"的真我的正念凝集心头的时候，梦中的妄念立刻被排出意外，谁还留恋或计较呢？

"人生如梦"，这话是古人所早已道破的，又是一切人所痛感而承认的。那么我们的人生，都是——同我的晨梦一样——在梦中晓得自己做梦的了。这念头一起，疑惑与悲哀的感情就支配了我的全体，使我终于无可自解，无可自慰。往往没有穷究的勇气，就把它暂搁在一旁，得过且过地度几天再说。这想来也不是我一人的私见，讲出来一定有许多人表示同感吧！

因为这是众目昭彰的一件事：无穷大的宇宙间的七尺之躯，与无穷久的浩劫中的数十年，而能上穷星界的秘密，下探大地的宝藏，建设诗歌的美丽的国土，开拓哲学的神秘的境地。然而一到这脆弱的躯壳损坏而朽腐的时候，这伟大的心灵就一去无迹，永远没有这回事了。这个"我"的儿时的欢笑，青年的憧憬，中年的哀乐，名誉，财产，恋爱……在当时何等认真，何等郑重；然而到了那一天，全没有"我"的一回事了！哀哉，"人生如梦"！

然而回看人世，又觉得非常诧异：在我们以前，"人生"已被反复了数千万遍，都像昙花泡影地倏现倏灭。大家一面明明知道自己也是如此，一面却又置若不知，毫不怀疑地热心做人——做官的热心办公，做兵的热心体操，做商的热心算盘，做教师的热心上课，做车夫的热心拉车，做厨房的热心烧饭……还有做学生的热心求知识，以预备做人——这明明是自杀，慢性的自杀！

这便是为了人生的饱暖的愉快，恋爱的甘美，结婚的幸福，爵禄富厚的荣耀，把我们骗住，致使我们无暇回想，流连忘返，得过且过，提不起穷究人生的根本的勇气，糊涂到死。

"人生如梦"！不要把这句话当作文学上的装饰的丽句！这是当头的棒喝！古人所道破，我们所痛感而承认的。我们的人生的大梦，确是——同我的晨梦一样——在梦中晓得自己做梦的。我们一面在热心地做梦中的事，一面又知道这是虚幻的梦。我们有梦中的"假我"，又有本来的"真我"。我们毅然起身，披衣下床，"真我"的正念凝集于心头的时候，梦中的妄念立刻被置之一笑，谁还留恋或计较呢？

同梦的朋友们，我们都有"真我"的，不要忘记了这个"真我"，而沉酣于虚幻的梦中！我们要在梦中晓得自己做梦，而常常找寻这个"真我"的所在。

冬日的同樂

王

# 闲居

闲居，在生活上人都说是不幸的，但在情趣上我觉得是最快适的了。假如国民政府新定一条法律："闲居必须整天禁锢在自己的房间里。"我也不愿出去干事，宁可闲居而被禁锢。

在房间里很可以自由取乐：如果把房间当作一幅画看的时候，其布置就如画的"置陈"了。譬如书房，主人的座位为全局的主眼，犹之一幅画中的 middle point（中心点），须居全幅中最重要的地位。其他自书架、几、椅、藤床、火炉、壁饰、自鸣钟，以至痰盂、纸篓等，各以主眼为中心而布置，使全局的焦点集中于主人的座位，犹之画中的附属物、背景，均须有护卫主物，显衬主物的作用。这样妥帖之后，人在里面，精神自然安定、集中，而快适。这是谁都懂得，谁都可以自由取乐的事。虽然有的人不讲究自己的房间的布置，然走进一间布置很妥帖的房间，一定谁也觉得快适。这可见人都会鉴赏，鉴赏就是被动的创作，故可说这是谁也懂得，谁也可以自由取乐的事。

我在贫乏而粗末的自己的书房里，常常欢喜做这个玩意儿。把几件粗陋的家具搬来搬去，一月中总要搬数回。搬到痰盂不能移动一寸，脸盆架子不能旋转一度的时候，便有很妥帖的位置出现了。那时候我自己坐在主眼的座上，环视上下四周，君临一切。觉得一切都朝宗于我，一切都为我尽其职司，如百官之朝天，众星之拱北辰。就是墙上一只很小的钉，望去也似乎居相当的位置，对全体为有机的一员，对我尽专任的职司。我统御这个天下，想象南面王的气概，得到几天的快适。

有一次我闲居在自己的房间里，曾经对自鸣钟寻了一回开心。自鸣钟这个东西，在都会里差不多可说是无处不有，无人不备的了。然而它这张脸皮，我看惯了真讨厌得很。罗马字的还算好看；我房间里的一只，又是粗大的数学码子的。数学的九个字，我见了最头痛，谁愿意每天做数学呢！有一天，大概是闲日月中的闲日，我就从墙壁上请它下来，拿油画颜料把它的脸皮涂成天蓝色，在上面画几根绿的杨柳枝，又用硬的黑纸剪成两只飞燕，用糨糊黏住在两只针的尖头上。这样一来，就变成了两只燕子飞逐在杨柳中间的一幅圆额的油画了。凡在三点二十几分、八点三十几分等时候，画的构图就非常妥帖，因为两只飞燕适在全幅中稍偏的位置，而且追随在一块，画面就保住均衡了。辨识时间，没有数目字也是很容易的：针向上垂直为十二时，向下垂直为六时，向左水平为九时，向右水平为三时。这就是把圆周分为四个 quarter，是肉眼也很容易办到的事。一个 quarter 里面平分为三格，就得长针五分钟的距离了，虽不十分容易正确，然相差至多不过一两分钟，只要不是天文台、电报局或火车站里，人家家里上下一两分钟本来是不要紧的。倘眼睛锐利一点，看惯之后，其实半分钟也是可以分明辨出的。这自鸣钟现在还挂在我的房间里，虽然惯用之后不甚新颖了，然终不觉得讨厌，因为它在壁上不是显明的实用的一只自鸣钟，而可以冒充一幅油画。

除了空间以外，闲居的时候我又欢喜把一天的生活的情调来比方音乐。如果把一天的生活当作一个乐曲，其经过就像乐章的移行（movement）了。一天的早晨，晴雨如何？冷暖如何？人事的情形如何？犹之第一乐章的开始，先已奏出全曲的根柢的"主题"（theme）。一天的生活，例如事务的纷忙、意外的发生、祸福的临门，犹如曲中的长音阶变为短音阶，C调变为F调，adagio（缓慢的）变为allegro（迅速的）；其或昼永人闲，平安无事，那就像始终C调的andante（流动的，中速的）的长大的乐章了。以气候而论，春日是门德尔松（Mendelssohn），夏日是贝多芬（Beethoven），秋日是肖邦（Chopin）、舒曼（Schumann），冬日是舒伯特（Schubert）。这也是谁也可以感到，谁也可以懂得的事。试看无论什么机关里、团体里，做无论什么事务的人，在阴雨的天气，办事一定不及在晴天的起劲、高兴、积极。如果有不论天气，天天照常办事的人，这一定不是人，是一架机器。只要看挑到我们后门头来卖臭豆腐干的江北人，近来秋雨连日，他的叫声自然懒洋洋的低钝起来，远不如一月以前的炎阳下的"臭豆腐干！"的热辣了。

幸福的
同情

# 新年怀旧

　　我似觉有二十多年不逢着"新年"了。因为近二十多年来，我所逢着的新年，大都不像"新年"。每逢年底，我未尝不热心地盼待"新年"的来到；但到了新年，往往大失所望，觉得这不是我所盼待的"新年"。我所盼待的"新年"似乎另外存在着，将来总有一天会来到的。再过半个月，新年又将来临。料想它又是不像"新年"的，也无心盼待了。且回想过去吧。

　　我所认为像"新年"的新年，只有二十多年前，我幼时所逢到的几个"新年"。近二十多年来，我每逢新年，全靠对它们的回忆，在心中勉强造出些"新年"似的情趣来，聊以自慰。回忆的力一年一年地薄弱起来。现在若不记录一些，恐怕将来的新年，连这点聊以自慰的空欢也没有了。

　　当阳历还被看作"洋历"，阴历独裁地支配着时间的时代，新年真是一个极盛大的欢乐时节！一切空气温暖而和平，一切人公然地嬉戏。没有一个人不穿新衣服，没有一个人不是新剃头。尤其是我，正当童年时代，不知众苦，但有一切乐。我的新年的欢乐，始于新年的 eve（前夕）。

　　大年夜的夜饭，我故意不吃饱。留些肚皮，用以享受夜

间游乐中的小食、半夜里的暖锅和后半夜的接灶圆子。吃过
夜饭，店里的柜台上就点着一对红蜡烛、一只风灯。红蜡
烛是岁烛，风灯是供给往来的收账人看账目用的。从黄昏起，
直至黎明，街上携着灯笼收账的人络绎不绝。来我们店里
收账的人，最初上门来，约在黄昏时，谈了些寒暄，把账
簿展开来看一看，大约有多少，假如看见管账先生不拿出
钱来，他们会很客气地说一声"等一会儿再算"，就告辞。
第二次来，约在半夜时。这回拿过算盘来，确实地决算一下，
打了一个折扣，再在算盘上摸脱了零头，得到一个该付的
实数。倘我们的管账先生因为自己的店账没有收齐，回报
他们说，"再等一会儿付款"，收账的人也会很客气地满
口答允，提了灯笼又去了。第三次来时，约在后半夜。有
的收清账款，有的反而把旧欠放弃不收，说道"带点老亲"。
于是大家说着"开年会"，很客气地相别。我们的收账员，
也提了灯笼，向别家去演同样的把戏，直到后半夜或黎明
方才收清。这在我这样的孩子们看来，真是一年一度的难
得的热闹。平日天一黑就关门。这一天通夜开放，灯火满街。
我们但见一班灯笼进，一班灯笼出，店堂里充满着笑语和
客气话。心中着实希望着账款不要立刻付清，因此延长一
点夜的闹热。在前半夜，我常常跟了我们店里的收账员，
向各店收账。每次不过是看一看数目，难得收到钱。但遍
访各店，在我是一种趣味。他们有的在那里请年菩萨，有
的在那里整备过新年。还有的已经把年夜当作新年，在那
里掷骰子，欢呼声充满了店堂的里面。有的认识我是小老板，
还要拿本店的本产货的食物送给我吃，表示亲善。我吃饱

了东西回到家里，里面别是一番热闹：堂前点着岁烛和保险灯。灶间里拥着大批人看放谷花。放的人一手把糯米谷撒进镬子里去，一手拿着一把稻草不绝地在镬子底上撩动。那些糯米谷得了热气，起初"啪，啪"地爆响，后来米脱出了谷皮，渐渐膨胀起来，终于放得像朵朵梅花一样。这些梅花在环视者的欢呼声中出了镬子，就被拿到厅上的桌子上去挑选。保险灯光下的八仙桌，中央堆了一大堆谷花，四周围着张开笑口的男女老幼许多人。你一堆，我一堆，大家竞把砻糠剔去，拣出纯白的谷花来，放在一只竹篮里，预备新年里泡糖茶请客人吃。我也参加在这人丛中；但我的任务不是拣而是吃。那白而肥的谷花，又香又燥，比炒米更松，比蛋片更脆，又是一年中难得尝到的异味。等到拣好了谷花，端出暖锅来吃半夜饭的时候，我的肚子已经装饱，只为着吃后的"毛草纸揩嘴"的兴味，勉强凑在桌上。所谓"毛草纸揩嘴"，是每年年夜例行的一种习惯。吃过年夜饭，家里的母亲乘孩子们不备，拿出预先准备着的老毛草纸向孩子们口上揩抹。其意思是把嘴当作屁眼，这一年里即使有不吉利的话出口，也等于放屁，不会影响事实。但孩子们何尝懂得这番苦心？我们只是对于这种恶戏发生兴味，便模仿母亲，到毛厕间里去拿张草纸来，公然地向同辈，甚至长辈的嘴上去乱擦。被擦者决不愤怒，只是掩口而笑，或者笑着逃走。于是我们擎起草纸，向后面追赶。不期正在追赶的时候，自己的嘴却被第三者用草纸揩过了。于是满堂哄起热闹的笑声。

夜半过后，在时序上已经是新年了；但在习惯上，这五六个小时还算是旧年。我们于后半夜结伴出门，各种商店统统开着，街上行人不绝，收账的还是提着灯笼幢幢来往。但在一方面，烧头香的善男信女，已经携着香烛向寺庙巡礼了。我们跟着收账的，跟着烧香的，向全镇乱跑。直到肚子跑饿，天将向晓，然后回到家里来吃了接灶圆子，怀着了明朝的大欢乐的希望而酣然就睡。

元旦日，起身大家迟。吃过谷花糖茶，白日的乐事，是带了去年底预先积存着的零用钱、压岁钱，和客人们给的糕饼钱，约伴到街上去吃烧麦。我上街的本意不在吃烧麦，却在花纸儿和玩具上。我记得，似乎每年有几张新鲜的花纸儿给我到手。拿回家来摊在八仙桌上，引得老幼人人笑口皆开。晏晏地吃过了隔年烧好的菜和饭，下午的兴事是敲年锣鼓。镇上备有锣鼓的人家不很多；但是各坊都有一二处。我家也有一副，是我的欢喜及时行乐的祖母所置备的。平日深藏在后楼，每逢新年，拿到店堂里来供人演奏。元旦的下午，大街小巷，鼓乐之声遥遥相应。现在回想，这种鼓乐最宜用为太平盛世的点缀。丝竹管弦之音固然幽雅，但其性质宜于少数人的清赏，非大众的。最富有大众性的乐器，莫如打乐（打击乐器）。俗语云："锣鼓响，脚底痒。"因为这是最富有对大众的号召力的乐器。打乐之中，除大锣鼓外，还有小锣、班鼓、檀板、大铙钹、小铙钹等，都是不能演奏旋律的乐器。因此奏法也很简单，只是同样的节奏的反复，不过在轻重缓急之中加以变化而已。像我，十来岁的孩子，略略受人指导，也能自由地参加新年的鼓乐演奏。一切音乐学习，无如这种打乐之容易速成者。这大概也是完成其大众性的一种条件吧。这种浩荡的音节，都是暗示昂奋的、华丽的、盛大的。在近处听这种音节时，听者的心会忙着和它共鸣，无暇顾到他事。好静的人所以讨厌打乐，也是为此。从远处听这种音节，似觉远方举行着热闹的盛会，不由你的心不向往。好群的人所以要脚底痒者，也正是为此。试想：我们一个数百户的小镇同时响出好几处的浩荡的鼓乐来，云中的仙人听到了，也不得不羡慕我们这班盛世黎民的欢乐呢。

　　新年的晚上，我们又可从花炮享受种种的眼福。最好看的是放万花筒。这往往是大人们发起而孩子们热烈赞成的。大人们一到新年，似乎袋里有的都是闲钱。逸兴到时，斥两百文购大万花筒三个，摆在河岸一齐放将起来。河水反照着，映成六株开满银花的火树，这般光景真像美丽的梦境。东岸上放万花筒，西岸上的豪侠少年岂肯袖手旁观呢？势必响应在对岸上也放起一套来。继续起来的就变花样。或者高高地放几十个流星到天空中，更引起远处的响应；或者放无数雪炮，隔河作战。闪光满目，欢呼之声盈耳，火药的香气弥漫在夜天的空气中。当这时候，全镇的男女老幼，大家一致兴奋地追求欢乐，似乎他们都是以游戏为职业的。独有爆竹业的人，工作特别多忙。一新年中，全镇上此项消费为数不小呢：送灶过年、接灶、接财神、安灶……每次斋神，每家总要放四个斤炮、数百鞭炮。此外万花筒、流星、雪炮等观赏的消耗，更无限制。我的邻家是业爆竹的。我幼时对于爆竹店，比其余一切地方都亲近。自年关附近至新年完了，差不多每天要访问爆竹店一次。这原是孩子们的通好，不过我特别热心。我曾把鞭炮拆散来，改制成无数的小万花筒，其法将底下的泥挖出，将头上的引火线拔下来插入泥孔中，倒置在水槽边上燃放起来，宛如新年夜河岸上的光景。虽然简陋，但神游其中，不妨想象得比河岸上的光景更加壮丽。这种火的游戏，只限于新年内举行，平日是不被许可的。因此火药气与新年，在我的感觉上有不可分离的联关。到现在，偶尔闻到火药气时，我还能立刻联想到新年及儿时的欢乐呢。

二十多年来，我或为负笈，或为糊口，频频离开故乡。上述的种种新年的点缀，在这二十多年间无形无迹地渐渐消灭起来。等到最近数年前我重归故乡息足的时候，万事皆非昔比，新年已不像"新年"了。第一，经济衰落与农村破产凋敝了全镇的商业。使商店难于立足，不敢放账，年夜里早已没有携了灯笼幢幢往来收账的必要了。第二，阴历与阳历的并存扰乱了新年的定标，模糊了新年的存在。阳历新年多数人没有娱乐的勇气，阴历新年又失了娱乐的正当性，于是索性废止娱乐。我们可说每年得逢两度新年；但也可说一度也没有逢，似乎新年也被废止了。第三，多数的人生活局促，衣食且不给，遑论新年与娱乐？故现在的除夜，大家早早关门睡觉，几与平日无异。现在的新年，难得再闻鼓乐之声。现在的爆竹店，只卖几个迷信的实用上所不可缺的鞭炮，早已失去了娱乐品商店的性质。况且战乱频仍，这种迷信的实用有时也被禁，爆竹商的存在亦已岌岌乎了。

我们的新年，因了阴阳历的并存而不明确；复因了民生的疾苦而无生气，实在是我们的生活趣味上的一大缺憾！我不希望开倒车回复二十多年前的儿时，但希望每年有个像"新年"的新年，以调剂一年来工作的辛苦，恢复一年来工作的疲劳。我想这像"新年"的新年一定存在着，将来总有一天会来到的。

衔泥带得落花归

# 楼板

记得我小时的事：我们家里那只很低小的厅上正在供起香烛，请六神菩萨。离开蜡烛火焰两尺就是单薄的楼板，楼板上面正是置马桶的地方，有人在便溺的时候，楼下历历可闻其声。当时我已经从祖母及母亲的平日的举动言语间习知菩萨与便溺的相犯。这时候看见了在马桶声底下请六神的情形，就责问母亲，母亲用一个"呸"字批掉我的责问，继续又说："隔重楼板隔重山。"

当时我并不敢确信"板"的效用如是其大，只是被母亲这"呸"字压倒了。后来我在上海租住房子，才晓得这句古典语的确是至理名言。"隔重楼板隔重山"，上海的空间的经济，住家的拥挤，隔一重板，简直可有交通断绝而气候不同的两个世界，"板"的力竟比山还大。

五六年之前，我初到上海，曾在上海的西门的某里租住人家的一间楼底。楼面与楼底分住两户人家，这回是我初次经验。在我们的故乡，楼上总是卧房，楼下总是供家堂六神的厅，决没有楼上楼下分住两户人家的习惯。我托人找到了这房子，进屋的前两天，自己先去看一次。三开间的一座楼屋，楼上三个楼面是二房东自己住的，楼下左面一间已另有一份人家租住，中央一间正面挂着一张朱柏庐先生治家格言，两壁挂着书画，是公用的客堂，右面一间空着，就是我要租住的。在初到上海的我看来，这实在是一家，我们此后将同这素不相识的两户人家同居，朝夕同堂，出入同门，这是何等偶然而奇妙的因缘。将来我们对这两户人家一定比久疏的亲戚同族要亲近得多，我们一定从此添了两家新的亲友，这是何等偶然而奇妙的因缘。我独自起了这样的心情，就请楼上的二房东下来，预备同他接洽，并作初见的谈话。

一个男子的二房东从楼窗里伸出头来，问我有什么事。我走到天井里，仰起头来回答他说："我就是来租住这间房间的，要和房东先生谈一谈。"那人把眉头一皱，对我说："你租房子？没有什么可谈的。你拿出十二块钱，明天起这房子归你。"

那头就缩了进去。随后一个娘姨出来，把那缩进去的头所说的话对我复述一遍。我心中有点不快，但想租定了也罢，就付他十二块钱，出门去了。后来我们搬进去住了。虽然定房子那一天我已经见过这同居者的颜色，但总不敢相信人与人的相对待是这样冷淡的，楼板的效用这样大的。偶然在门间或窗际看见邻家的人的时候，我总想招呼他们，同他们结邻人之谊。然而他们的脸上有一种不可侵犯的颜色，和一种拒人的力，常常把我推却在千里之外。尽管我们租住这房子的六个月之间，与隔一重楼板的二房东家及隔一所客堂的对门的人家朝夕相见，声音相闻，而终于不相往来，不相交语，偶然在里门口或天井里交臂，大家故意侧目而过，反似结了仇怨。

那时候我才回想起母亲的话，"隔重楼板隔重山"，我们与他们实在分居着空气不同的两个世界，而只要一重楼板就可隔断。板的力比山还大！

稚負其子

# 颜面

　　我小时候从李叔同先生学习弹琴，每弹错了一处，李先生回头向我一看。我对于这一看比什么都害怕。当时也不自知其理由，只觉得有一种不可当力，使我难于禁受。现在回想起来，方知他这一看的颜面表情中历历表出着对于音乐艺术的尊敬，对于教育使命的郑重，和对于我的疏忽的惩戒，实在比校长先生的一番训话更可使我感动。古人有故意误拂琴弦，以求周郎一顾的；我当时实在怕见李先生的一顾，总是预先练得很熟，然后到他面前去还琴。

　　但是现在，李先生那种严肃慈祥的脸色已不易再见，却在世间看饱了各种各样的奇异的脸色——当作雕刻或纸脸具看时，倒也很有兴味。

　　在人们谈话议论的座中，与其听他们的言辞的意义，不如看他们的颜面的变化，兴味好得多，且在实际上，也可以更深切地了解各人的心理。因为感情的复杂深刻的部分，往往为理义的言说所不能表出，而在"造形的"脸色上历历地披露着。不但如此，尽有口上说"是"而脸上明明表出"非"的怪事。聪明的对手也能不听其言辞而但窥其脸色，正确地会得其心理。然而我并不想做这种聪明的对手，我最欢喜当

087

作雕刻或纸脸具看人的脸孔。

看惯了脸，以为脸当然如此。但仔细凝视，就觉得颜面是很奇怪的一种形象。同是两眼，两眉，一口，一鼻排列在一个面中，而有万人各不相同的形式。同一颜面中，又有喜、怒、哀、乐、嫉妒、同情、冷淡、阴险、仓皇、忸怩……千万种表情。凡词典内所有的一切感情的形容词，在颜面上都可表演，正如自然界一切种类的线具足于裸体中一样。推究其差别的原因，不外乎这数寸宽广的浮雕板中的形状与色彩的变化而已。

就五官而论，耳朵在表情上全然无用。记得某文学家说，耳朵的形状最表出人类的兽相。我从前曾经取一大张纸，在其中央剪出一洞，套在一个朋友的耳朵上，而单独地观看耳朵的姿态，久之不认识其为耳朵，而越觉得可怕。这大概是为了耳朵一向躲在鬓边，素不登颜面表情的舞台的缘故。只有日本文学家芥川龙之介对于中国女子的耳朵表示敬意，说玲珑而洁白像贝壳。然耳朵无论如何美好，也不过像鬓边的玉兰花一类的装饰物而已，与表情全无关系。实际，耳朵位在脸的边上，只能当作这浮雕板的两个环子，不入浮雕范围之内。

在浮雕的版图内，鼻可说是颜面中的北辰，固定在中央。眉、眼、口，均以它为中心而活动，而做出各种表情。眉位在上方，形态简单；然与眼有表里的关系，处于眼的伴奏者的地位。演奏"颜面表情"的主要旋律的，是眼与口。二者的性质又不相同：照顾恺之的意见，"传神写照，正在阿堵之中"，故其画人常数年不点睛，说"点睛便欲飞去"，则眼是最富于表情的。然而口也不差：肖像画得似否，口的关系居多：试用粉笔在黑板上任意画一颜面，而仅变更其口的形状、大小、厚薄、弯度、方向、地位，可得各种完全不同的表情。故我以为眼与口在颜面表情上同样重要，眼是"色的"；口是"形的"。眼不能移动位置，但有青眼白眼等种种眼色；口虽没有色，但形状与位置的变动在五官中最为剧烈。倘把颜面看作一个家庭，则口是男性的，眼是女性的，两者常常协力而作出这家庭生活中的诸相。

然更进一步，我就要想到颜面构造的本质的问题。神造人的时候，颜面的创作是根据某种定理的，抑任意造出的？即颜面中的五官形状与位置的排法是必然的，抑偶然的？从生理上说来，也许是合于实用原则的，例如眉生在眼上，可以保护眼；鼻生在口上，可以帮助味觉。但从造型上说来，不必一定，苟有别种便于实用的排列法，我们也可同样地承认其为颜面，而看出其中的表情。各种动物的颜面，便是按照别种实用的原则而变更其形状与位置的。我们在动物的颜面中，一样可以看出表情，不过其脸上的筋肉不动，远不及人面的表情的丰富而已。试仔细辨察狗的颜面，可知各狗的相貌也各不相同。我们平常往往以"狗"的一个概念抹杀各狗的差别，难得有人尊重狗的个性，而费心辨察它们的相貌。这犹之我小时候初到上海，第一次看见西洋人，觉得面孔个个一样，红头巡捕尤其如此——我的母亲每年来上海一二次，看见西洋人总说"这个人又来了"，实则西洋人与印度人看我们，恐怕也是这样。这全是黄白异种的缘故，我们看日本人或朝鲜人就没有这种感觉。这异种的范围推广起来，及于禽兽的时候，即可辨识禽兽的相貌。所以照我想来，人的颜面的形状与位置不一定要照现在的排法，不过偶然排成这样而已。倘变换一种排法，同样地有表情。只因我们久已看惯了现在状态的颜面，故对于这种颜面的表情，辨识力特别丰富又精细而已。

至于眼睛有特殊训练的艺术家，尤其是画家，就能推广其对于颜面表情的辨识力，而在自然界一切生物及无生物中看出种种的表情。"拟人化"的看法即由此而生。在桃花中看出笑颜，在莲花中看出粉脸，又如瑞士理想派画家勃克林，其描写波涛，曾画魔王追扑一弱女，以象征大波吞没小浪，这可谓拟人化的极致了。就是非画家的普通人，倘能应用其对于颜面的看法于一切自然界，也可看到物象表情。有一个小孩子曾经发现开盖的洋琴的相貌好像露出一口整齐而洁白的牙齿的某先生，威迪文的墨水瓶姿态像邻家的肥胖的妇人。我叹佩这孩子的造形的敏感。孩子比大人，概念弱而直观强，故所见更多拟人的印象，容易看见物象的真相。艺术家就是学习孩子们这种看法的。艺术家要在自然中看出生命，要在一草一木中发现自己，故必推广其同情心，普及于一切自然，有情化一切自然。

这样说来，不但颜面有表情而已；无名的形状，无意义的排列，在明者的眼中都有表情，与颜面表情一样地明显而复杂。中国的书法便是其一例。西洋现代的立体派等新兴美术又是其一例吧？

# 姓

我姓丰。丰这个姓，据我们所晓得，少得很。在我故乡的石门湾里，也"只此一家"，跑到外边来，更少听见有姓丰的人。所以人家问了我尊姓之后，总说："难得，难得！"

因这缘故，我小时候受了这姓的暗示，大有自命不凡的心理。然而并非单为姓丰难得，又因为在石门湾里，姓丰的只有我们一家，而中举人的也只有我父亲一人。在石门湾里，大家似乎以为姓丰必是举人，而举人必是姓丰的。记得我幼时，父亲的用人褚老五抱我去看戏回来，途中对我说："石门湾里没有第二个老爷，只有丰家里是老爷，你大起来也做老爷，丰老爷！"

科举废了，父亲死了。我十岁的时候，做短工的黄半仙有一天晚上对我的大姊说："新桥头米店里有一个丰官，不晓得是什么地方人。"大姊同母亲都很奇怪，命黄半仙当夜去打听，是否的确姓丰？哪里人？意思似乎说，姓丰会有第二家的？不要是冒牌？

黄半仙回来，说："的确姓丰，'养鞠须丰'的'丰'，说是斜桥人。"大姊含着长烟管说："难道真的？不要是'酆鲍史唐'的'酆'吧？"但也不再追究。

后来我游杭州、上海、东京，朋友中也没有同姓者。姓丰的果然只有我一人。然而不拘我一向何等自命不凡地做人，总做不出一点姓丰的特色来，到现在还是与非姓丰的一样混日子，举人也尽管不中，倒反而为了这姓的怪僻，屡屡打麻烦：人家问起："尊姓？"我说"敝姓丰"，人家总要讨添，或者误听为"冯"。旅馆里、城门口查夜的警察，甚至疑我假造，说："没有这姓！"

最近在宁绍轮船里，一个钱庄商人教了我一个很简明的说法：我上轮船，钻进房舱里，先有这个肥胖的钱庄商人在内。他照例问我："尊姓？"我说："丰，咸丰皇帝的丰。"大概时代相隔太远，一时教他想不起咸丰皇帝，他茫然不懂。我用指在掌中空划，又说："五谷丰登的丰。"大概"五谷丰登"一句成语，钱庄上用不到，他也一向不曾听见过。他又茫然不懂。于是我摸出铅笔来，在香烟箧上写了一个"丰"字给他看，他恍然大悟似的说："啊！不错不错，汇丰银行的丰！"

嘎，不错不错！汇丰银行的确比咸丰皇帝时髦，比五谷丰登通用！以后别人问我的时候我就这样回答了。

# 东京某晚的事

我在东京某晚遇见一件小事，然而这事常常给我有兴味的回想，又使我憧憬。

有一个夏夜，初黄昏时分，我们同住在一个"下宿"里的四五个中国人相约到神保町去散步。东京的晚上很凉快。大家带了愉快的心情出门，穿和服的几个人更是风袂飘飘，徜徉徘徊，态度十分安闲。

一面闲谈，一面踱步，踱到了十字路口的时候，忽然横路里转出一个伛偻的老太婆来。她两手搬着一块大东西，大概是铺在地上的席子，或者是纸窗的架子，鞠躬似的转出大路来。她和我们同走一条大路，因为走得慢，跟在我们的后面。

我走在最先。忽然听得后面起了一种与我们的闲谈调子不同的日本语声音，意思却听不清楚。我回头看时，原来是那老太婆在向我们队里的最后的某君讲什么话。我只看见某君对那老太婆一看，立刻回转头来，露出一颗闪亮的金牙齿，一面摇头一面笑着说：

"Iyada，iyada！"（不高兴，不高兴！）

似乎趋避后面的什么东西，大家向前挤挨一阵，走在最先的我被他们一推，跨了几脚紧步。不久，似乎已经到了安全地带，大家稍稍回复原来的速度的时候，我方才探问刚才所发生的事由。

原来这老太婆对某君说话，是因为她搬那块大东西搬得很缺力，想我们中间哪一个帮她搬一会儿。她的话是：

"你们哪一位替我搬一搬，好否？"

某君大概是因为带了轻松愉快的心情出来散步，实在不愿意帮她搬运重物，所以回报她两个"不高兴"。然而说过之后，在她近旁徜徉，看她吃苦，心里大概又觉得过不去，所以趋避似的快跑几步，务使受苦的人不在自己目前。我问情由的时候，我们已经离开那老太婆十来丈路，颜面已看不清楚，声音也已听不到了。然而大家的脚步还是紧，不像初出门时的从容安闲。虽然不说话，但各人一致的脚步，分明表示大家都懂得这一点。

我每回想起这事，总觉得很有兴味。我从来不曾受过素不相识的路人的这样唐突的要求。那老太婆的话，似乎应该用在家庭里或学校里，绝不是在路上可以听到的。这是关系深切而亲爱的小团体中的人们之间所有的话，不适用于"社会"或"世界"的大团体中的所谓"陌路人"之间。这老太婆误把陌路当作家庭了。

这老太婆原是悖事的、唐突的。然而我却在想象，假如真能像这老太婆所希望，有这样的一个世界：天下如一家，人们如家族，互相亲爱，互相帮助，共乐其生活，那时陌路就变成家庭，这老太婆就并不悖事，并不唐突了。这是多么可憧憬的世界！

## 日月楼中日月长

无论何事都是大大小小、
千千万万"缘"所凑合而成，缺了一点就不行。

老牛亦是知音者
橫笛聲中緩步行

# 告缘缘堂在天之灵

　　去年十一月中，我被暴寇所逼，和你分手，离石门湾，经杭州，到桐庐小住。后来暴寇逼杭州，我又离桐庐经衢州、常山、上饶、南昌，到萍乡小住。其间两个多月，一直不得你的消息，我非常挂念。直到今年二月九日，上海裘梦痕写信来，说新闻报上登着：石门湾缘缘堂于一月初全部被毁。噩耗传来，全家为你悼惜。我已写了一篇《还我缘缘堂》为你申冤（登在《文艺阵线》①上），现在离开你的忌辰已有百日，想你死后，一定有知。故今晨虔具清香一支，为你祷祝，并为此文告你在天之灵：

　　你本来是灵的存在。中华民国十五年，我同弘一法师住在江湾永义里的租房子里，有一天我在小方纸上写许多我所喜欢而可以互相搭配的文字，团成许多小纸球，撒在释迦牟尼画像前的供桌上，拿两次阄，拿起来的都是"缘"字，就给你命名曰"缘缘堂"。当即请弘一法师给你写一横额，付九华堂装裱，挂在江湾的租屋里。这是你的灵的存在的开始，后来我迁居嘉兴，又迁居上海，你都跟着我走，犹似形影相随，

_____

　　① 系作者笔误，应为《文艺阵地》。

至于八年之久。

　到了中华民国廿二年春，我方才给你赋形，在我的故乡石门湾的梅纱弄里，吾家老屋的后面，建造高楼三楹，于是你就堕地。弘一法师所写的横额太小，我另请马一浮先生为你题名。马先生给你写三个大字，并在后面题一首偈：

能缘所缘本一体，收入鸿蒙入双眦。
画师观此悟无生，架屋安名聊寄耳。
一色一香尽中道，即此××非动止。
不妨彩笔绘虚空，妙用皆从如幻起。

　第一句把我给你的无意的命名加了很有意义的解释，我很欢喜，就给你装饰：我办一块数十年陈旧的银杏板，请雕工把字镌上，制成一匾。堂成的一天，我在这匾上挂了彩球，把它高高地悬在你的中央。这时候想你一定比我更加欢喜。后来我又请弘一法师把《大智度论·十喻赞》写成一堂大屏，托杭州翰墨林装裱了，挂在你的两旁。匾额下面，挂着吴昌硕绘的老梅中堂。中堂旁边，又是弘一法师写的一副大对联，文为《华严经》句："欲为诸法本，心如工画师。"大对联的旁边又挂上我自己写的小对联，用杜诗句："暂止飞鸟将数子，频来语燕定新巢。"中央间内，就用以上这几种壁饰，此外毫无别的流俗的琐碎的挂物，堂堂庄严，落落大方，与你的性格很是调和。东面间里，挂的都是沈子培的墨迹，和几幅古画。西面一间是我的书房，四壁图书之外，风琴上又挂着弘一法师写的长对，文曰："真观清净观，广大智慧观，

梵音海潮音,胜彼世间音。"最近对面又挂着我自己写的小对,
用王荆公之妹长安县君的诗句[①]:"草草杯盘供语笑,昏昏灯
火话平生。"因为我家不装电灯(因为电灯十一时即熄,且
无火表),用火油灯。我的亲戚老友常到我家闲谈平生,清
茶之外,佐以小酌,直至上灯不散。油灯的暗淡和平的光度
与你的建筑的亲和力,笼罩了座中人的感情,使他们十分安
心,谈话娓娓不倦。故我认为油灯是与你全体很调和的。总之,
我给你赋形,非常注意你全体的调和,因为你处在石门湾这
个古风的小市镇中,所以我不给你穿洋装,而给你穿最合理
的中国装,使你与环境调和。因为你不穿洋装,所以我不给
你配置摩登家具,而亲绘图样,请木工特制最合理的中国式
家具,使你内外完全调和。记得有一次,上海的友人要买一
个木雕的捧茶盘的黑人送我,叫我放在室中的沙发椅子旁边。
我婉言谢绝了。因为我觉得这家具与你的全身很不调和,与
你的精神更相反对。你的全身简单朴素,坚固合理;这东西
却怪异而轻巧。你的精神和平幸福,这东西以黑奴为俑,残
忍而非人道。凡类于这东西的东西,皆不容于缘缘堂中。故
你是灵肉完全调和的一件艺术品!我同你相处虽然只有五年,
这五年的生活,真足够使我回想:

　　春天,两株重瓣桃戴了满头的花,在你的门前站岗。门
内朱栏映着粉墙,蔷薇衬着绿叶。院中的秋千亭亭地站着,
檐下的铁马叮咚地唱着。堂前有呢喃的燕语,窗中传出弄剪
刀的声音。这一片和平幸福的光景,使我永远不忘。

---

　　① 此处有误,应是王荆公写给妹妹长安县君的诗句。

夏天，红了的樱桃与绿了的芭蕉在堂前作成强烈的对比，向人暗示"无常"的至理。葡萄棚上的新叶把室中的人物映成青色，添上了一层画意。垂帘外时见参差的人影，秋千架上常有和乐的笑语。门前刚才挑过一担"新市水蜜桃"，又挑来一担"桐乡醉李"。堂前喊一声"开西瓜了！"霎时间楼上楼下走出来许多兄弟姊妹。傍晚来一个客人，芭蕉荫下立刻摆起小酌的座位。这一种欢喜畅快的生活，使我永远不忘。

秋天，芭蕉的长大的叶子高出墙外，又在堂前盖造一个重叠的绿幕。葡萄棚下的梯子上不断地有孩子们爬上爬下。窗前的几上不断地供着一盆本产的葡萄。夜间明月照着高楼，楼下的水门汀好像一片湖光。四壁的秋虫齐声合奏，在枕上听来浑似管弦乐合奏。这一种安闲舒适的情况，使我永远不忘。

冬天，南向的高楼中一天到晚晒着太阳。温暖的炭炉里不断地煎着茶汤。我们全家一桌人坐在太阳里吃冬春米饭，吃到后来都要出汗解衣裳。廊下堆着许多晒干的芋头，屋角里摆着两三坛新米酒，菜橱里还有自制的臭豆腐干和霉千张。星期六的晚上，孩子们陪我写作到夜深，常在火炉里煨些年糕，洋灶上煮些鸡蛋来充冬夜的饥肠。这一种温暖安逸的趣味，使我永远不忘。

你是我安息之所。你是我的归宿之处。我正想在你的怀里度我的晚年，我准备在你的正寝里寿终，谁知你的年龄还不满六岁，忽被暴敌所摧残，使我流离失所，从此不得与你再见！

犹记得我同你相处的最后的一日：那是去年十一月六日，初冬的下午，芭蕉还未凋零，长长的叶子要同粉墙争高，把浓重的绿影送到窗前。我坐在你的西室中对着蒋坚忍著的《日本帝国主义侵略中国史》，一面阅读，一面札记，准备把日本侵华的无数事件——自明代倭寇扰海岸直至"八一三"的侵略战———用漫画写出，编成一册《漫画日本侵华史》，照《护生画集》的办法，以最廉价广销各地，使略识之无的中国人都能了解，使未受教育的文盲也能看懂。你的小主人们因为杭州的学校都迁移了，没有进学，大家围着窗前的方桌，共同自修几何学。你的主母等正在东室里做她们的缝纫。两点钟光景忽然两架敌机在你的顶上出现。飞得很低，声音很响，来而复去，去而复来，正在石门湾的上空兜圈子。我知道情形不好，立刻起身唤家人一齐站在你的墙下。忽然，砰的一声，你的数百块窗玻璃齐声叫喊起来。这分明是有炸弹投在石门湾的市内了，然我还是犹豫未信。我想，这小市镇内只有四五百份人家，都是无辜的平民，全无抗战的设备。即使暴敌残忍如野兽，炸弹也很费钱，料想他们是不肯滥投的，谁知没有想完，又是更响的两声，轰！轰！你的墙壁全部发抖，你的地板统统跳跃，桌子上的热水瓶和水烟筒一齐翻落地上。这两个炸弹投在你后门口数丈之外！这时候我家十人准备和你同归于尽了。因为你在周围的屋子中，个子特别高大，样子特别惹眼，是一个最大的目标。我们也想离开了你，逃到野外去。然而窗外机关枪声不断，逃出去必然是寻死的。

与其死在野外，不如与你同归于尽，所以我们大家站着不动，幸而炸弹没有光降到你身上。东市南市又继续砰砰地响了好几声。两架敌机在市空盘旋了两个钟头，方才离去。事后我们出门探看，东市烧了房屋，死了十余人，中市毁了凉棚，也死了十余人。你的后门口数丈之外，躺着五个我们的邻人。有的脑浆迸出，早已殒命。有的吟呻叫喊，伸起手来向旁人说："救救我呀！"公安局统计，这一天当时死三十二人，相继而死者共有一百余人。残生的石门湾人疾首蹙额地互相告曰："一定是乍浦登陆了，明天还要来呢，我们逃避吧！"是日傍晚，全镇逃避一空。有的背了包裹步行入乡，有的扶老携幼，搭小舟入乡。四五百份人家门户严扃，全镇顿成死市。我正求船不得，南沈浜的亲戚蒋氏兄弟一齐赶到并且放了一只船来。我们全家老幼十人就在这一天的灰色的薄暮中和你告别，匆匆入乡。大家以为暂时避乡，将来总得回来的。谁知这是我们相处的最后一日呢？

　　我犹记得我同你诀别的最后的一夜，那是十一月十五日，我在南沈浜乡间已经避居九天了。九天之中，敌机常常来袭。我们在乡间望见它们从海边飞来，到达石门湾市空，从容地飞下，公然地投弹。幸而全市已空，他们的炸弹全是白费的。因此，我们白天都不敢出市。到了晚上，大家出去搬取东西。这一天我同了你的小主人陈宝，黑夜出市，回家取书，同时就是和你诀别。我走进你的门，看见芭蕉孤危地矗立着，二十余扇玻璃窗紧紧地闭着，全部寂静，毫无声息。缺月从芭蕉间照着你，作凄凉之色。我跨进堂前，看见一只饿瘦了的黄狗躺在沙发椅子上，被我用电筒一照，突然起身，给我吓了一跳。我走上楼梯，楼门边转出一只饿瘦了的老黑猫来，举头向我注视，发出数声悠长而无力的叫声，并且依依在陈宝的脚边，不肯离去。我们找些冷饭残菜喂了猫狗，然后开始取书。我把我所欢喜的，最近有用的，和重价买来的书选出了两网篮，明天饬人送到乡下。为恐敌机再来投烧夷弹，毁了你的全部。但我竭力把这念头遏住，勿使它明显地浮出到意识上来，因为我不忍让你被毁，不愿和你永诀的！我装好两网篮书，已是十一点钟，肚里略有些饥。开开橱门，发现其中一包花生和半瓶玫瑰烧酒，就拿到堂西的书室里放在"草草杯盘供语笑，昏昏灯火话平生"的对联旁边的酒桌子上，两人共食。我用花生下酒，她吃花生相陪。我发现她嚼花生米的声音特别清晰而响亮，各隆，各隆，各隆，各隆……好像市心里演戏的鼓声。我的酒杯放到桌子上，也戛然地振响，满间屋子发出回声。这使我感到环境的静寂，绝对的静寂，死一般的静寂，为我生以来所未有。我拿起电筒，同陈宝二人走出门去，看一看这异常的环境，我们从东至西，从南到北，穿遍了石门湾的街道，不见半个人影，不见半点火光。但有几条饿瘦了的狗躺在巷口，见了我们，勉强站起来，发出几声凄惨的愤懑的叫声。只有下西弄里一家铺子的楼上，有老年人的咳嗽声，其声为环境的寂静所衬托，异常清楚，异常可怕。我们不久就回家。我们在你的楼上的正寝中睡了半夜。天色黎明，即起身入乡，恐怕敌机一早就来。我出门的时候，回头一看，朱栏映着粉墙，樱桃傍着芭蕉，二十多扇玻璃窗紧紧地关闭着，在黎明中反射出惨淡的光辉。我在心中对你告别："缘缘堂，再会吧！我们将来再见！"谁知这一瞬间正是我们的永诀，我们永远不得再见了！

以上我说了许多往事，似有不堪回首之悲，其实不然！我今谨告你在天之灵，我们现在虽然不得再见，但这是暂时的，将来我们必有更光荣的团聚。因为你是暴敌的侵略的炮火所摧残的，或是我们的神圣抗战的反攻的炮火所焚毁的。倘属前者，你的在天之灵一定同我一样地愤慨，翘盼着最后的胜利为你复仇，决不会悲哀失望的。倘属后者，你的在天之灵一定同我一样地毫不介意；料想你被焚时一定蓦地成空，让神圣的抗战军安然通过，替你去报仇，也决不会悲哀失望的。不但不会悲哀失望，我又觉得非常光荣。因为我们是为公理而抗战，为正义而抗战，为人道而抗战。我们为欲歼灭暴敌，以维持世界人类的和平幸福，我们不惜焦土。你做了焦土抗战的先锋，这真是何等光荣的事。最后的胜利快到了！你不久一定会复活！我们不久一定团聚，更光荣的团聚！

一九三八年

# 中举人

    我的父亲是清朝光绪年间最后一科的举人。他中举人时我只四岁，隐约记得一些，听人传说一些情况，写这篇笔记。话须得从头说起：

    我家在明末清初就住在石门湾。上代已不可知，只晓得我的祖父名小康，行八，在这里开一爿染坊店，叫作丰同裕。这店到了抗日战争开始时才烧毁。祖父早死，祖母沈氏，生下一女一男，即我的姑母和父亲。祖母读书识字，常躺在鸦片灯边看《缀白裘》等书。打瞌睡时，往往烧破书角。我童年时还看到过这些烧残的书。她又爱好行乐。镇上演戏文时，她总到场，先叫人搬一只高椅子去，大家都认识这是丰八娘娘的椅子。她又请了会吹弹的人，在家里教我的姑母和父亲学唱戏。邻近沈家的四相公常在背后批评她："丰八老太婆发昏了，教儿子女儿唱徽调。"因为那时唱戏是下等人的事。但我祖母听到了满不在乎。我后来读《浮生六记》，觉得我的祖母颇有些像那芸娘。

    父亲名锽，字斛泉，二十六七岁时就参与大比。大比者，就是考举人，三年一次，在杭州贡院中举行，时间总在秋天。那时没有火车，便坐船去。运河直通杭州，约八九十里。在船中一宿，次日便到。于是在贡院附近租一个"下处"，等候进场。祖母临行叮嘱他："斛泉，到了杭州，勿再埋头用功，先去玩玩西湖。胸襟开朗，文章自然生色。"但我父亲总是忧心悄悄，因为祖母一方面旷达，一方面非常好强。曾经对人说："坟上不立旗杆，我是不去的。"那时定例：中了举人，祖坟上可以立两个旗杆。中了举人，不但家族亲戚都体面，连已死的祖宗也光荣。祖母定要立了旗杆才到坟上，就是定要我父亲在她生前中举人。我推想父亲当时的心情多么沉重，哪有兴致玩西湖呢？

每次考毕回家，在家静候福音。过了中秋消息沉沉，便确定这次没有考中，只得再在家里饮酒，看书，吸鸦片，进修三年，再去大比。这样地过了三次，即九年，祖母日渐年老，经常卧病。我推想当时父亲的心里多么焦灼！但到了他三十六岁那年，果然考中了。那时我年方四岁，妈妈抱了我挤在人丛中看他拜北阙，情景隐约在目。那时的情况是这样：

父亲考毕回家，天天闷闷不乐，早眠晏起，茶饭无心。祖母躺在床上，请医吃药。有一天，中秋过后，正是发榜的时候，染店里的管账先生，即我的堂房伯伯，名叫亚卿，大家叫他"麻子三大伯"，早晨到店，心血来潮，说要到南高桥头去等"报事船"。大家笑他发呆，他不顾管，径自去了。他的儿子名叫乐生，是个顽皮孩子，（关于此人，我另有记录。）跟了他去。父子两人在南高桥上站了一会，看见一只快船驶来，锣声喤喤不绝。他就问："谁中了？"船上人说："丰镜，丰镜！"乐生先逃，麻子三大伯跟着他跑。旁人不知就里，都说："乐生又闯了祸了，他老子在抓他呢。"

麻子三大伯跑回来，闯进店里，口中大喊"斛泉中了！斛泉中了！"父亲正在蒙被而卧。麻子大伯喊到他床前，父亲讨厌他，回说："你不要瞎说，是四哥，不是我！"四哥者，是我的一个堂伯，名叫丰锦，字浣江，那年和父亲一同去大比的。但过了不久，报事船已经转进后河，锣声敲到我家里来了。"丰镤接诰封！丰镤接诰封！"一大群人跟了进来。我父亲这才披衣起床，到楼下去盥洗。祖母闻讯，也扶病起床。

我家房子是向东的，于是在厅上向北设张桌子，点起香烛，等候新老爷来拜北阙。麻子三大伯跑到市里，看见团子、粽子就拿，拿回来招待报事人。那些卖团子、粽子的人，绝不同他计较。因为他们都想同新贵的人家结点缘。但后来总是付清价钱的。父亲戴了红缨帽，穿了外套走出来，向北三跪九叩，然后开诰封。祖母头上拔下一支金挖耳来，将诰封挑开，这金挖耳就归报事人获得。报事人取出"金花"来，插在父亲头上，又插在母亲和祖母头上。这金花是纸做的，轻巧得很。据说皇帝发下的时候，是真金的，经过人手，换了银花，再换了铜花，最后换了纸花。但不拘怎样，总之是光荣。表演这一套的时候，我家里挤满了人。因为数十来石门湾不曾出过举人，所以这一次特别稀奇。我年方四岁，由奶妈抱着，挤在人丛中看热闹，虽然莫明其妙，但到现在还保留着模糊的印象。

两个报事人留着，住在店楼上写"报单"。报单用红纸，写宋体字："喜报贵府老爷丰镤高中庚子辛丑恩政并科第八十七名举人。"自己家里挂四张，亲戚每家送两张。这"恩政并科"便是最后一科，此后就废科举，办学堂了。本来，中了举人之后，再到北京"会试"，便可中进士，做官。举人叫作金门槛，很不容易跨进；一跨进之后，会试就很容易，因为人数很少，大都录取。但我的父亲考中的是最后一科，所以不得会试，没有官做，只得在家里设塾授徒，坐冷板凳了。这是后话。且说写报单的人回去之后，我家就举行"开贺"。房子狭窄，把灶头拆掉，全部粉饰，挂灯，结彩。附近各县知事，以及远近亲友都来贺喜，并送贺仪。这贺仪倒是一笔收入。有些人要"高攀"，特别送得重。客人进门时，外面放炮三声，里面乐人吹打。客人叩头，主人还礼。礼毕，请客吃"跑马桌"。跑马桌者，不拘什么时候，请他吃一桌酒。这样，免得大排筵席，倒是又简便又隆重的办法。开贺三天，祖母天天扶病下楼来看，病也似乎好了一点。父亲应酬辛劳，全靠鸦片借力。但祖母经过这番兴奋，终于病势日渐沉重起来。父亲连忙在祖坟上立旗杆。不多久，祖母病危了。弥留时问父亲"坟上旗杆立好了吗？"父亲回答："立好了。"祖母含笑而逝。于是开吊，出丧，又是一番闹热，不亚于开贺的时候。大家说："这老太太真好福气！"我还记得祖母躺在尸床上时，父亲拿一叠纸照在她紧闭的眼前，含泪说道："妈，我还没有把文章给你看过。"其声呜咽，闻者下泪。后来我知道，这是父亲考中举人的文章的稿子。那时已不用八股文而用策论，题目是《汉宣帝信赏必罚，综核名实论》和《唐太宗盟突厥于便桥，宋真宗盟契丹于澶州论》。

父亲三十六岁中举人，四十二岁就死于肺病。这五六年中，他的生活实在很寂寥。每天除授徒外，只是饮酒看书吸鸦片。他不吃肥肉，难得吃些极精的火腿。秋天爱吃蟹，向市上买了许多，养在缸里，每天晚酌吃一只。逢到七夕、中秋、重阳佳节，我们姐妹四五人也都得吃。下午放学后，他总在附近沈子庄开的鸦片馆里度过。晚酌后，在家吸鸦片，直到更深，再吃夜饭。我的三个姐姐陪着他吃。吃的是一个皮蛋，一碗冬菜。皮蛋切成三份，父亲吃一份，姐姐们分食两份。我年幼早睡，是没有资格参与的。父亲的生活不得不如此清苦。因为染坊店收入有限，束脩更为微薄，加上两爿大商店（油车、当铺）的"出官"①每年送一二百元外，别无进账。父亲自己过着清苦的生活，他的族人和亲戚却沾光不少。凡是同他并辈的亲族，都称老爷奶奶，下一辈的都称少爷小姐。利用这地位而作威作福的，颇不乏人。我是嫡派的少爷。常来当差的褚老五，带了我上街去，街上的人都起敬，糕店送我糕，果店送我果，总是满载而归。但这一点荣华也难久居，我九岁上，父亲死去，我们就变成孤儿寡妇之家了。

---

① "出官"，指商店借举人老爷之名而得到保障，因而付给的酬金。

# 阿庆

　　我的故乡石门湾虽然是一个人口不满一万的小镇，但是附近村落甚多，每日上午，农民出街做买卖，非常热闹，两条大街上摩肩接踵，推一步走一步，真是一个商贾辐辏的市场。我家住在后河，是农民出入的大道之一。多数农民都是乘航船来的，只有卖柴的人，不便乘船，挑着一担柴步行入市。

　　卖柴，要称斤两，要找买主。农民自己不带秤，又不熟悉哪家要买柴。于是必须有一个"柴主人"。他肩上扛着一支大秤，给每担柴称好分量，然后介绍他去卖给哪一家。柴主人熟悉情况，知道哪家要硬柴，哪家要软柴，分配各得其所。卖得的钱，农民九五扣到手，其余百分之五是柴主人的佣钱。农民情愿九五扣到手，因为方便得多，他得了钱，就好扛着空扁担入市去买物或喝酒了。

　　我家一带的柴主人，名叫阿庆。此人姓什么，一向不传，人都叫他阿庆。阿庆是一个独身汉，住在大井头的一间小屋里，上午忙着称柴，所得佣钱，足够一人衣食，下午空下来，就拉胡琴。他不喝酒，不吸烟，唯一的嗜好是拉胡琴。他拉胡琴手法纯熟，各种京戏他都会拉。当时留声机还不普遍流行，就有一种人背一架有喇叭的留声机来卖唱，听一出戏，收几个钱。商店里的人下午空闲，出几个钱买些精神享乐，都不吝惜。这是不能独享的，许多人旁听，在出钱的人并无损失。阿庆便是旁听者之一。但他的旁听，不仅是享乐，竟是学习。他听了几遍之后，就会在胡琴上拉出来。足见他在音乐方面，天赋独厚。

夏天晚上，许多人坐在河沿上乘凉。皓月当空，万籁无声。阿庆就在此时大显身手。琴声宛转悠扬，引人入胜。浔阳江头的琵琶，恐怕不及阿庆的胡琴。因为琵琶是弹弦乐器，胡琴是摩擦弦乐器。摩擦弦乐器接近于肉声，容易动人。钢琴不及小提琴好听，就是为此。中国的胡琴，构造比小提琴简单得多。但阿庆演奏起来，效果不亚于小提琴，这完全是心灵手巧之故。有一个青年羡慕阿庆的演奏，请他教授。阿庆只能把内外两弦上的字眼——上尺工凡六五乙仕——教给他。此人按字眼拉奏乐曲，生硬乖异，不成腔调。他怪怨胡琴不好，拿阿庆的胡琴来拉奏，依旧不成腔调，只得废然而罢。记得西洋音乐史上有一段插话：有一个非常高明的小提琴家，在一只皮鞋底上装四根弦线，照样会奏出美妙的音乐。阿庆的胡琴并非特制，他的心手是特制的。

笔者曰：阿庆孑然一身，无家庭之乐。他的生活乐趣完全寄托在胡琴上。可见音乐感人之深，又可见精神生活有时可以代替物质生活。感悟佛法而出家为僧者，亦犹是也。

# 癞六伯

　　癞六伯，是离石门湾五六里的六塔村里的一个农民。这六塔村很小，一共不过十几份人家，癞六伯是其中之一。我童年时候，看见他约有五十多岁，身材瘦小，头上有许多癞疮疤。因此人都叫他癞六伯。此人姓甚名谁，一向不传，也没有人去请教他。只知道他家中只有他一人，并无家属。既然称为"六伯"，他上面一定还有五个兄或姐，但也一向不传。总之，癞六伯是孑然一身。

　　癞六伯孑然一身，自耕自食，自得其乐。他每日早上挽了一只篮步行上街，走到木场桥边，先到我家找奶奶，即我母亲。"奶奶，这几个鸡蛋是新鲜的，两支笋今天早上才掘起来，也很新鲜。"我母亲很欢迎他的东西，因为的确都很新鲜。但他不肯讨价，总说"随你给吧"。我母亲为难，叫店里的人代为定价。店里人说多少，癞六伯无不同意。但我母亲总是多给些，不肯欺负这老实人。于是癞六伯道谢而去。他先到街上"做生意"，即卖东西。大约九点多钟，他就坐在对河的汤裕和酒店门前的板桌上吃酒了。这汤裕和是一家酱园，但兼卖热酒。门前搭着一个大凉棚，凉棚底下，靠河口，设着好几张板桌。癞六伯就占据了一张，从容不迫地吃时酒。

时酒，是一种白色的米酒，酒力不大，不过二十度，远非烧酒可比，价钱也很便宜，但颇能醉人。因为做酒的时候，酒缸底上用砒霜画一个"十"字，酒中含有极少量的砒霜。砒霜少量原是无害而有益的，它能养筋活血，使酒力遍达全身，因此这时酒颇能醉人，但也醒得很快，喝过之后一两个钟头，酒便完全醒了。农民大都爱吃时酒，就为了它价钱便宜，醉得很透，醒得很快。农民都要工作，长醉是不相宜的。我也爱吃这种酒，后来客居杭州上海，常常从故乡买时酒来喝。因为我要写作，宜饮此酒。李太白"但愿长醉不复醒"，我不愿。

且说癞六伯喝时酒，喝到饱和程度，还了酒钱，提着篮子起身回家了。此时他头上的癞疮疤变成通红，走步有些摇摇晃晃。走到桥上，便开始骂人了。他站在桥顶上，指手画脚地骂："皇帝万万岁，小人日日醉！""你老子不怕！""你算有钱？千年田地八百主！""你老子一条裤子一根绳，皇帝看见让三分！"骂的内容大概就是这些，反复地骂到十来分钟。旁人久已看惯，不当一回事。癞六伯在桥上骂人，似乎是一种自然现象，仿佛鸡啼之类。我母亲听见了，就对陈妈妈说："好烧饭了，癞六伯骂过了。"时间大约在十点钟光景，很准确的。

有一次，我到南沈浜亲戚家做客。下午出去散步，走过一爿小桥，一只狗声势汹汹地赶过来。我大吃一惊，想拾石子来抵抗，忽然一个人从屋后走出来，把狗赶走了。一看，这人正是癞六伯，这里原来是六塔村了。这屋子便是癞六伯的家。他邀我进去坐，一面告诉我："这狗不怕。叫狗勿咬，

**116**

咬狗勿叫。"我走进他家，看见环堵萧然，一床、一桌、两条板凳、一只行灶之外，别无长物。墙上有一个搁板，堆着许多东西，碗盏、茶壶、罐头，连衣服也堆在那里。他要在行灶上烧茶给我吃，我阻止了。他就向搁板上的罐头里摸出一把花生来请我吃："乡下地方没有好东西，这花生是自己种的，燥倒还燥。"我看见墙上贴着几张花纸，即新年里买来的年画，有《马浪荡》《大闹天宫》《水没金山》等，倒很好看。他就开开后门来给我欣赏他的竹园。这里有许多枝竹，一群鸡，还种着些菜。我现在回想，癞六伯自耕自食，自得其乐，很可羡慕。但他毕竟孑然一身，孤苦伶仃，不免身世之感。他的喝酒骂人，大约是泄愤的一种方法吧。

不久，亲戚家的五阿爹来找我了。癞六伯又抓一把花生来塞在我的袋里。我道谢告别，癞六伯送我过桥，喊走那只狗。他目送我回南沈浜。我去得很远了，他还在喊："小阿官！明天再来玩！"

風雨之夜的候門者

# 王囡囡

　　每次读到鲁迅《故乡》中的闰土，便想起我的王囡囡。王囡囡是我家贴邻豆腐店里的小老板，是我童年时代的游钓伴侣。他名字叫复生，比我大一二岁，我叫他"复生哥哥"。那时他家里有一祖母，很能干，是当家人；一母亲，终年在家烧饭，足不出户；还有一"大伯"，是他们的豆腐店里的老司务，姓钟，人们称他为钟司务或钟老七。

　　祖母的丈夫名王殿英，行四，人们称这祖母为"殿英四娘娘"，叫得口顺，变成"定四娘娘"。母亲名庆珍，大家叫她"庆珍姑娘"。她的丈夫叫王三三，早年病死了。庆珍姑娘在丈夫死后十四个月生一个遗腹子，便是王囡囡。请邻近的绅士沈四相公取名字，取了"复生"。复生的相貌和钟司务非常相像。人都说："王囡囡口上加些小胡子，就是一个钟司务。"

　　钟司务在这豆腐店里的地位，和定四娘娘并驾齐驱，有时竟在其上。因为进货、用人、经商等事，他最熟悉，全靠他支配。因此他握着经济大权。他非常宠爱王囡囡，怕他死去，打一个银项圈挂在他的项颈里。市上凡有新的玩具、新的服饰，王囡囡一定首先享用，都是他大伯买给他的。我家开染坊店，同这豆腐店贴邻，生意清淡；我的父亲中举人后科举就废，在家坐私塾。我家经济远不及王囡囡家的富裕，因此王囡囡常把新的玩具送我，我感谢他。王囡囡项颈里戴一个银项圈，手里拿一枝长枪，年幼的孩子和猫狗看见他都逃避。这神情宛如童年的闰土。

我从王囡囡学得种种玩意。第一是钓鱼，他给我做钓竿、弯钓钩。拿饭粒装在钓钩上，在门前的小河里垂钓，可以钓得许多小鱼。活活地挖出肚肠，放进油锅里煎一下，拿来下饭，鲜美异常。其次是摆擂台。约几个小朋友到附近的姚家坟上去，王囡囡高踞在坟山上摆擂台，许多小朋友上去打，总是打他不下。一朝打下了，王囡囡就请大家吃花生米，每人一包。又次是放纸鸢。做纸鸢，他不擅长，要请教我。他出钱买纸、买绳，我出力糊纸鸢，糊好后到姚家坟去放。其次是缘树。姚家坟附近有一个坟，上有一株大树，枝叶繁茂，形似一顶阳伞。王囡囡能爬到顶上，我只能爬在低枝上。总之，王囡囡很会玩耍，一天到晚精神勃勃、兴高采烈。

有一天，我们到乡下去玩，有一个挑粪的农民，把粪桶碰了王囡囡的衣服。王囡囡骂他，他还骂一声"私生子"！王囡囡面孔涨得绯红，从此兴致大大地减低，常常皱眉头。有一天，定四娘娘叫一个关魂婆来替她已死的儿子王三三关魂。我去旁观。这关魂婆是一个中年妇人，肩上扛一把伞，伞上挂一块招牌，上写"捉牙虫算命"。她从王囡囡家后门进来。凡是这种人，总是在小巷里走，从来不走闹市大街。大约她们知道自己的把戏鬼鬼祟祟，见不得人，只能骗骗愚夫愚妇。牙痛是老年人常有的事，那时没有牙医生，她们就利用这情况，说会"捉牙虫"。记得我有一个亲戚，有一天请一个婆子来捉牙虫。这婆子要小解了，走进厕所去。旁人偷偷地看看她的膏药，原来里面早已藏着许多小虫。婆子出来，把膏药贴在病人的脸上，过了一会儿，揭起来给病人看，"喏，你看，捉出了这许多虫，不会再痛了。"这证明她的捉牙虫全然是骗人。算命、关魂，更是骗人的勾当了。闲话少讲，且说定四娘娘叫关魂婆进来，坐在一只摇纱椅子上。她先问："要叫啥人？"定四娘娘说："要叫我的儿子三三。"关魂婆打了三个呵欠，说："来了一个灵官，长面孔……"定四娘娘说"不是"。关魂婆又打呵欠，说："来了一个灵官……"定四娘娘说："是了，是我三三了。三三！你撇得我们好苦！"就一把鼻涕一把眼泪地哭。后来对着庆珍姑娘说："喏，你这不争气的婆娘，还不快快叩头！"这时庆珍姑娘正抱着她的第二个孩子（男，名掌生）喂奶，连忙跪在地上，孩子哭起来，王囡囡哭起来，棚里的驴子也叫起来。关魂婆又代王三三的鬼魂说了好些话，我大都听不懂。后来她又打一个呵欠，就醒了。定四娘娘给了她钱，她讨口茶吃了，出去了。

王囡囡渐渐大起来，和我渐渐疏远起来。后来我到杭州去上学了，就和他阔别。年假暑假回家时，听说王囡囡常要打他的娘。打过之后，第二天去买一支参来，煎了汤，定要娘吃。我在杭州学校毕业后，就到上海教书，到日本游学。抗日战争前一两年，我回到故乡，王囡囡有一次到我家里来，叫我"子恺先生"，本来是叫"慈弟"的。情况真同闰土一样。抗战时我逃往大后方，八九年后回乡，听说王囡囡已经死了，他家里的人不知去向了。而他儿时的游钓伴侣的我，以七十多岁的高龄，还残生在这娑婆世界上，为他写这篇随笔。

笔者曰：封建时代礼教杀人，不可胜数。王囡囡庶民之家，亦受其毒害。庆珍姑娘大可堂皇地再嫁与钟老七。但因礼教压迫，不得不隐忍忌讳，酿成家庭之不幸，冤哉枉也。

# 歪鲈婆阿三

歪鲈婆阿三不知何许人也，亦不详其姓氏。只因他的嘴巴像鲈鱼的嘴巴，又有些歪，因以为号也。他是我家贴邻王囡囡豆腐店里的司务。每天穿着褴褛的衣服，坐在店门口包豆腐干。人们简称他为"阿三"。阿三独身无家。

那时盛行彩票，又名白鸽票。这是一种大骗局。例如：印制三万张彩票，每张一元。每张分十条，每条一角。每张每条都有号码，从一到三万。把这三万张彩票分发全国通都大邑。卖完时可得三万元。于是选定一个日子，在上海某剧场当众开彩。开彩的方法，是用一个大球，摆在舞台中央，三四个人都穿紧身短衣，袖口用带扎住，表示不得作弊。然后把十个骰子放进大球的洞内，把大球摇转来。摇了一会儿，大球里落出一只骰子来，就把这骰子上的数字公布出来。这便是头彩的号码的第一个字。台下的观众连忙看自己所买的彩票，如果第一个数字与此相符，就有一线中头彩的希望。笑声、叹声、叫声，充满了剧场。这样地表演了五次，头彩的五个数目字完全出现了。五个字完全对的，是头彩，得五千元；四个字对的，是二彩，得四千元；三个字对的，是三彩，得三千元……这样付出之后，办彩票的所收的三万元，

123

净余一半，即一万五千元。这是一个很巧妙的骗局。因为买一张的人是少数，普通都只买一条，一角钱，牺牲了也有限。这一角钱往往像白鸽一样一去不回，所以又称为"白鸽票"。

只有我们的歪鲈婆阿三，出一角钱买一条彩票，竟中了头彩。事情是这样：发卖彩票时，我们镇上有许多商店担任代售。这些商店，大概是得到一点报酬的，我不详悉了。这些商店门口都贴一张红纸，上写"头彩在此"四个字。有一天，歪鲈婆阿三走到一家糕饼店门口，店员对他说："阿三！头彩在此！买一张去吧。"对面咸鲞店里的小麻子对阿三说："阿三，我这一条让给你吧。我这一角洋钱情愿买香烟吃。"小麻子便取了阿三的一角洋钱，把一条彩票塞在他手里了。阿三将彩票夹在破毡帽的帽圈里，走了。

大年夜前几天，大家准备过年的时候，上海传来消息，白鸽票开彩了。歪鲈婆阿三的一条，正中头彩。他立刻到手了五百块大洋（那时米价每担二元半，五百元等于二百担米），变成了一个富翁。咸鲞店里的小麻子听到了这消息，用手在自己的麻脸上重重地打了三下，骂了几声"穷鬼"！歪鲈婆阿三没有家，此时立刻有人来要他去"招亲"了。这便是镇上有名的私娼俞秀英。俞秀英年二十余岁，一张鹅蛋脸生得白嫩，常常站在门口卖俏，勾引那些游蜂浪蝶。她所接待的客人全都是有钱的公子哥儿，豆腐司务是轮不到的，但此时阿三忽然被看中了。俞秀英立刻在她家里雇起四个裁缝司务来，替阿三做花缎袍子和马褂。限定年初一要穿。四个裁缝司务日夜动工，工钱加倍。

到了年初一，歪鲈婆阿三穿了一身花缎皮袍皮褂，卷起

**124**

了衣袖，在街上东来西去，大吃大喝，滥赌滥用。几个穷汉追随他，问他要钱，他一摸总是两三块银洋。有的人称他"三兄""三先生""三相公"，他的赏赐更丰。那天我也上街，看到这情况，回来告诉我母亲。正好豆腐店的主妇定四娘娘在我家闲谈。母亲对定四娘娘说："把阿三脱下来的旧衣裳保存好，过几天他还是要穿的。"

果然，到了正月底边，歪鲈婆阿三又穿着原来的旧衣裳，坐在店门口包豆腐干了。只是一个崭新的皮帽子还戴在头上。

把作司务钟老七衔着一支旱烟筒，对阿三笑着说："五百只大洋！正好开爿小店，讨个老婆，成家立业。现在哪里去了？这真叫作没淘剩！"阿三管自包豆腐干，如同不听见一样。我现在想想，这个人真明达！货悖而入者，亦悖而出；来路不明，去路不白。他深深地懂得这个至理。我年逾七十，阅人多矣。凡是不费劳力而得来的钱，一定不受用。要举起例子来，不知多少。歪鲈婆阿三是一个突出的例子。他可给千古的人们作借鉴。自古以来，荣华难于久居。大观园不过十年，金谷园更为短促。我们的阿三把它浓缩到一个月，对于人世可说是一声响亮的警钟，一种生动的现身说法。

猫親人

# 五爹爹

　　五爹爹是我的一个远房叔父，但因同住在一个老屋里，天天见面，所以很亲近。他姓丰，名铭，字云滨。子女甚多，但因无力抚养，送给别人的有三四个，家中只留二男二女。

　　五爹爹终身失意，而达观长寿，真是一个值得记录的人物。最初的失意是考秀才。科举时代，我们石门湾人，考秀才到嘉兴府，叫作小考，每年一次；考举人到杭州省城，叫作大考，三年一次。五爹爹从十来岁起，每年到嘉兴应小考，年年不第。直到三十多岁，方才考取，捞得一个秀才。闲人看见他年年考不取，便揶揄他。有一年深秋雨夜，有一个闲人来哄他："五伯，秀才出榜了，你的名字写在前头呢。"五爹爹信以为真，立刻穿上钉鞋，撑了雨伞，到东高桥头去看。结果垂头丧气而归。后来好容易考取了。但他有自知之明，不再去应大考，以秀才终其身。地方上人都叫他"五相公"，他已经满意了。但秀才两字不好当饭吃，他只得设塾授徒。坐冷板凳是清苦生涯，七八个学生，每年送点修敬，为数有限，难于糊口。他的五妈妈非常能干，烧饭时将米先炒一下，涨性好些。青黄不接之时，常来向我母亲掇一借二。但总是如期归还，从不失信。真所谓秀才方正也。

后来，地方上人照顾他，给他在接待寺楼上办一个初等小学，向县政府请得相当的经费。他的进益就比设塾好得多了。然而学生多起来，一人教书来不及，势必另请人帮助，这就分了他的肥。物价年年上涨，经费决不增加。他的生活还是很清苦的。然而他很达观。每天散课后，在镇上闲步，东看西望，回家来与妻子评东说西，谈笑风生，自得其乐。上茶馆，出五个大钱泡一碗茶，吃了一会儿，叫茶博士"摆一摆"，等一会儿再来吃。第二次来时，带一把茶壶来，吃好之后将茶叶倒入壶中，回家去吃。

这时候我在杭州租了一间房子，在那里作寓公。五爹爹每逢寒假暑假，总是到我家来做客。他到杭州来住一两个月，只花一块银元，还用不了呢。因为他从石门湾步行到长安，从长安乘四等车到杭州，只需二角半，来回五角。到了杭州，当然不坐人力车，步行到我家。于是每天在杭州城里和西湖边上巡游，东看西望，回来向我们报告一天的见闻，花样自比石门湾丰富得多了。我欢迎他来，爱听他的报告。因为我不大出门，天天在家写作，晚上和他闲谈，作为消遣。他在杭州也上茶馆，也常"摆一摆"，但不带茶壶去，因为我家里有茶。有时他要远行，例如到六和塔、云栖等处去玩，不能回来吃中饭，他就买二只粽子，作为午饭。我叫人买几个烧饼，给他带去，于是连粽子钱也可以省了。

这样的生活，过了好几年。后来发生变化了。当小学教师收入太少，口食难度。亲友帮他起一个会，收得一笔钱，一部分安家，一部分带了到离乡数十里外的曲尺湾去跟一位名医潘申甫当学徒。医生收学徒是不取学费的，因为学生帮他工作。他只出些饭钱。学了两三年，回家挂招牌当医生。起初生意还好，颇有些收入。但此人太老实，不会做广告，以致后来生意日渐清淡，终于无人问津。他只得再当小学教师。幸而地方上人照顾他，仍请他办接待寺里初等小学。这是我父亲帮他忙。父亲是当地唯一的举人老爷，替他说话是有力的。

五爹爹家里有二男二女。大男在羊毛行学生意，染上了一种习气，满师以后出外经商，有钱尽情使用……生意失败了，钱用光了，就回家来吃父亲的老米饭。在外吸上等香烟，回家后就吸父亲的水烟筒，可谓能屈能伸。大女嫁附近富绅，遇人不淑，打官司，离婚，也来吃父亲的老米饭。后来托人介绍到上海走单帮，终于溺水而死。次男和次女都很像人。次男由我带到上海入艺术师范，毕业后到宁波当教师，每月收入四十元，大半寄家。五爹爹庆幸无限。但是不到一年，生了重病，由宁波送回家，不久一命呜呼。次女在本地当小学教师，收入也尚佳，全部交与父亲。岂知不到一年，也一病不起了。真是天道无知啊！

五爹爹一生如此坎坷失意，全靠达观，竟得长寿，享年八十六岁。他长寿的原因，我看主要是达观。但有人说是全靠吃大黄。他从小有痔疮病，大便出血。这出血是由于大便坚硬，擦破肛门之故。倘每天吃三四分大黄，则大便稀烂，不会擦破肛门而流血。而大黄的副作用是清补。五爹爹一生茹苦含辛，粗衣糠食，而得享长年，恐是常年服食大黄之力。

蚂蚁搬家

# 菊林

　　我十三四岁在小学读书的时候，菊林是一个六岁的小和尚。如果此人现在活着而不还俗，则是一个六十多岁的老和尚了。

　　我们的西溪小学堂办在市梢的西竺庵里，借他们的祖师殿为校舍。我们入学，必须走进山门，通过大殿。因此和和尚们天天见面。西竺庵是个子孙庙，老和尚收徒弟，先进山门为大。菊林虽只六岁，却是先进山门，后来收的十三四岁的本诚，要叫他"师父"。这些小和尚，都是穷苦人家卖出来的，三块钱一岁。像菊林只能卖十八元。菊林年幼，生活全靠徒弟照管。"阿拉师父跌了一跤！"本诚抱他起来。"阿拉师父撒尿出了！"本诚替他换裤子。"阿拉师父困着了！"本诚抱他到楼上去。

　　僧房的楼窗外挂着许多风肉。这些和尚都爱吃肉，而且堂堂皇皇地挂在窗口。他们除了做生意(即拜忏)时吃素之外，平日都吃荤。而且拜忏结束之时，最后一餐也吃荤。有一次我看见老和尚打菊林的屁股，为的是菊林偷肉吃。

　　西竺庵里常常拜忏，差不多每月举行一次，每次都有名目：大佛菩萨生日、观音菩萨生日、某祖师生日等等。届时邀请当地信佛的太太们来参加。太太们都很高兴，可以借佛游春。她们每人都送香金。富有的人家送的很重，贫家随缘乐助。每次拜忏，和尚的收入是可观的。和尚请太太们吃素斋，非常丰盛。太太们吃好之后，在碗底下放几个铜钱，叫作洗碗钱。菊林在这一天很出风头。他合掌向每位太太拜揖，口称"阿弥陀佛"。他的面孔像个皮球，声音喃喃呐呐，每个太太都怜爱他，给他糖果或铜板角子。她们调查这小和尚的身世，知道他一出世就父母双亡，阿哥阿嫂生活困难，把他卖作小和尚。菊林心地很好，每次拜忏的收入，铜板角子交给老和尚，糖果和他的徒弟分吃。

抗战胜利后我从重庆归来，去凭吊劫后的故乡，看见西竺庵一部分还在。我入内瞻眺，在廊柱石凳之间依稀仿佛地看见六岁的菊林向我合掌行礼。庵中的和尚不知去向，屋宇都被尘封。大概他们都在这浩劫中散而之四方矣。但不知菊林下落如何。

# 四轩柱

　　我的故乡石门湾，是运河打弯的地方，又是春秋时候越国造石门的地方，故名石门湾。运河里面还有条支流，叫作后河。我家就在后河旁边。沿着运河都是商店，整天骚闹，只有男人们在活动；后河则较为清静，女人们也出场，就中有四个老太婆，最为出名，叫作四轩柱。

　　以我家为中心，左面两个轩柱，右面两个轩柱。先从左面说起。住在凉棚底下的一个老太婆叫作莫五娘娘。这莫五娘娘有三个儿子，大儿子叫莫福荃，在市内开一爿杂货店，生活裕如。中儿子叫莫明荃，是个游民，有人说他暗中做贼，但也不曾破过案。小儿子叫木铳阿三，是个戆大，不会工作，只会吃饭。莫五娘娘打木铳阿三，是一出好戏，大家要看。莫五娘娘手里拿了一根棍子，要打木铳阿三。木铳阿三逃，莫五娘娘追。快要追上了，木铳阿三忽然回头，向莫五娘娘背后逃走。莫五娘娘回转身来再追，木铳阿三又忽然回头，向莫五娘娘背后逃走。这样地表演了三五遍，莫五娘娘吃不消了，坐在地上大哭。看的人大笑。此时木铳阿三逃之夭夭了。这个把戏，每个月总要表演一两次。有一天，我同豆腐店王囡囡坐在门口竹榻上闲谈。王囡囡说："莫五娘娘长久不打木铣阿三了，好打了。"没有说完，果然看见木铣阿三从屋里逃出来，莫五娘娘拿了那根棍子追出来了。木铣阿三看见我们在笑，他心生一计，连忙逃过来抱住了王囡囡。我乘势逃开。莫五娘娘举起棍子来打木铣阿三，一半打在王囡囡身上。王囡囡大哭喊痛。他的祖母定四娘娘赶出来，大骂莫五娘娘："这怪老太婆！我的孙子要你打？"就伸手去夺她手里的棒。莫五娘娘身躯肥大，周转不灵，被矫健灵活的定四娘娘一推，竟跌到了河里。木铣阿三毕竟有孝心，连忙下水去救，把娘像落汤鸡一样驮了起来，幸而是夏天，单衣薄裳的，没有受冻，只是受了些惊。莫五娘娘从此有好些时不出门。

第二个轩柱，便是定四娘娘。她自从把莫五娘娘打落水之后，名望更高，大家见她怕了。她推销生意的本领最大。上午，乡下来的航船停埠的时候，定四娘娘便大声推销货物。她熟悉人头，见农民大都叫得出："张家大伯！今天的千张格外厚，多买点去。李家大伯，豆腐干是新鲜的，拿十块去！"就把货塞在他们的篮里。附近另有一家豆腐店，是陈老五开的，生意远不及王囡囡豆腐店，就因为缺少像定四娘娘的一个推销员。定四娘娘对附近的人家都熟悉，常常穿门入户，进去说三话四。我家是她的贴邻，她来得更勤。我家除母亲以外，大家不爱吃肉，桌上都是素菜。而定四娘娘来的时候，大都是吃饭时候。幸而她像《红楼梦》里的凤姐一样，人没有进来，声音先听到了。我母亲听到了她的声音，立刻到橱里去拿出一碗肉来，放在桌上，免得她说我们"吃得寡薄"。她一面看我们吃，一面同我母亲闲谈，报告她各种新闻：哪里吊死了一个人；哪里新开了一爿什么店；汪宏泰的酥糖比徐宝禄的好，徐家的重四两，汪家的有四两五；哪家的姑娘同哪家的儿子对了亲，分送的茶枣讲究得很，都装锡罐头；哪家的姑娘养了个私生子；等等。我母亲爱听她这种新闻，所以也很欢迎她。

第三个轩柱，是盆子三娘娘。她是包酒馆里永林阿四的祖母。他的已死的祖父叫作盆子三阿爹，因为他的性情很坦，像盆子一样；于是他的妻子就也叫作盆子三娘娘。其实，三娘娘的性情并不坦，她很健谈。而且消息灵通，远胜于定四娘娘。定四娘娘报道消息，加的油盐酱醋较少；而盆子三娘娘的报道消息，加入多量的油盐酱醋，叫它变味走样。所以有人说："盆子三娘娘坐着讲，只能听一半；立着讲，一句也听不得。"她出门，看见一个人，只要是她所认识的，就和他谈。她从家里出门，到街上买物，不到一二百步路，她来往要走两三个钟头。因为到处勾留，一勾留就是几十分钟。她指手画脚地说："桐家桥头的草棚着了火了，烧杀了三个人！"后来一探听，原来一个人也没有烧杀，只是一个老头子烧掉了些胡子。"塘河里一只火轮船撞沉了一只米船，几十担米全部沉在河里！"其实是米船为了避开火轮船，在石埠子上撞了一下，船头里漏了水，打湿了几包米，拿到岸上来晒。她出门买物，一路上这样地讲过去，有时竟忘记了买物，空手回家。盆子三娘娘在后河一带确是一个有名人物。但自从她家打了一次官司，她的名望更大了。

事情是这样：她有一个孙子，年纪二十多岁，做医生的，名叫陆李王。因为他幼时为了要保证健康长寿，过继给含山寺里的菩萨太君娘娘，太君娘娘姓陆。他又过继给另外一个人，姓李。他自己姓王。把三个姓连起来，就叫他"陆李王"。这陆李王生得眉清目秀，皮肤雪白。有一个女子看上了他，和他私通。但陆李王早已娶妻，这私通是违法的。女子的父亲便去告官。官要逮捕陆李王。盆子三娘娘着急了，去同附近有名的沈四相公商量，送他些礼物。沈四相公就替她作证，说他们没有私通。但女的已经招认。于是县官逮捕沈四相公，把他关进三厢堂（是秀才坐的牢监，比普通牢监舒服些）。盆子三娘娘更着急了，挽出她包酒馆里的伙计阿二来，叫他去顶替沈四相公。允许他"养杀你"。阿二上堂，被县官打了三百板子，腿打烂了。官司便结束。阿二就在这包酒馆里受供养，因为腿烂，人们叫他"烂膀阿二"。这事件轰动了全石门湾。盆子三娘娘的名望由此增大。就有人把这事编成评弹，到处演唱卖钱。我家附近有一个乞丐模样的汉子，叫作"毒头阿三"。他编得最出色，人们都爱听他唱。我还记得唱词中有几句："陆李王的面孔白来有看头，厚底鞋子寸半头，直罗汗巾三转头……"描写盆子三娘娘去请托沈四相公，唱道："水鸡烧肉一碗头，拍拍胸脯点点头……"全部都用"头"字，编得非常自然而动听。欧洲中世纪的游唱诗人（troubadour, minnesinger），想来也不过如此吧。毒头阿三唱时，要求把大门关好。因为盆子三娘娘看到了要打他。

　　第四个轩柱是何三娘娘。她家住在我家的染作场隔壁。她的丈夫叫作何老三。何三娘娘生得短小精悍，喉咙又尖又响，骂起人来像怪鸟叫。她养几只鸡，放在门口街路上。有时鸡蛋被人拾了去，她就要骂半天。有一次，她的一双弓鞋晒在门口阶沿石上，不见了。这回她骂得特别起劲："穿了这双鞋子，马上要困棺材！""偷我鞋子的人，世世代代做小娘（即妓女）！"何三娘娘的骂人，远近闻名。大家听惯了，便不当一回事，说一声"何三娘娘又在骂人了"，置之不理。有一次，何三娘娘正站在阶沿石上大骂其人，何老三喝醉了酒从街上回来，他的身子高大，力气又好，不问青红皂白，把这瘦小的何三娘娘一把抱住，走进门去。何三娘娘的两只小脚乱抖乱撑，大骂"杀千刀"！旁人哈哈大笑。

何三娘娘常常生病，生的病总是肚痛。这时候，何老三便上街去买一个猪头，扛在肩上，在街上走一转。看见人便说："老太婆生病，今天谢菩萨。"谢菩萨又名拜三牲，就是买一个猪头、一条鱼，杀一只鸡，供起菩萨像来，点起香烛，请一个道士来拜祷。主人跟着道士跪拜，恭请菩萨醉饱之后快快离去，勿再同我们的何三娘娘为难。拜罢之后，须得请邻居和亲友吃"谢菩萨夜饭"。这些邻居和亲友，都是送过份子的。份子者，就是钱。婚丧大事，送的叫作"人情"，有送数十元的，有送数元的，至少得送四角。至于谢菩萨，送的叫作"份子"，大都是一角或至多两角。菩萨谢过之后，主人叫人去请送份子的人家来吃夜饭。然而大多数不来吃。所以谢菩萨大有好处。何老三捐了一个猪头到街上去走一转，目的就是要大家送份子。谢菩萨之风，在当时盛行。有人生病，郎中看不好，就谢菩萨。有好些人家，外面在吃谢菩萨夜饭，里面的病人断气了。再者，谢菩萨夜饭的猪头肉烧得半生不熟，吃的人回家去就生病，亦复不少。我家也曾谢过几次菩萨，是谁生病，记不清了。总之，要我跟着道士跪拜。我家幸而没有为谢菩萨而死人。我在这环境中，侥幸没有早死，竟能活到七十多岁，在这里写这篇随笔，也是一个奇迹。

# 立达五周年纪念感想

立达五周年纪念了。在五周年纪念的时节，我便想起五年前立达诞生的光景。

现在全学园中，眼见立达诞生的人，已经很少。据我算来，只有匡先生、陶先生、练先生、我和校工郭志邦五个人。下面的旧话，可在我们五个人的心中唤起同样的感兴。

一九二四年的严冬，我们几个漂泊者在上海老靶子路租了两幢房子，挂起"立达中学"的招牌来。那时我日里在西门的另一个学校中做教师，吃过夜饭，就搭上五路电车，到老靶子路的两幢房子里来帮办筹备的工作。那时我们只有二三张板桌，和几只长凳，点一盏火油灯。我欢喜喝酒，每天晚上一到立达，从袋中摸出两只角子来，托"茶房"（就是郭志邦君，我们只有唯一的校工，故不称他郭志邦，而用"茶房"这个普通名词称呼他）去打黄酒。一面喝酒，一面商谈。吃完了酒，"茶房"烧些面给我们当夜饭吃。半夜模样，我再搭了五路电车回到我的寄食处去睡觉。——这样的日月，度过了约有三四个礼拜。正是这几天的天气。

不久我们为了房租太贵，雇了一辆榻车，把全校迁到了小西门黄家阙的一所旧房子内，就开学了。在那里房租便宜

139

得多，但房子也破旧得多。楼下吃饭的时候，常有灰尘或水渍从楼板上落在菜碗里。亭子间下面的灶间，是匡先生的办公处兼卧室。教室与走道没有间隔，陶先生去买了几条白布来挂上，当作板壁。……在那房子里上了半年课，迁居到江湾的自建的校舍——就是现在的立达学园——里，于兹四年半了。

讲起这种旧话，现在只有我们五个人心中有具象的回忆。我们五个人，对于立达这五岁的孩子，仿佛是接生的产婆。这孩子的长育，虽然全靠后来的许多乳母的功劳，但仅在这五周年纪念的一天，回想他的诞生的时候，我们五个人脸上似乎有些风光。

但讲到风光，五人中我最惭愧了。我看他诞生以后，五年之中，实在没有好好地抚育他，近来更是疏远。匡先生、陶先生、练先生，对他的操心比我深厚得多；然而三位先生还不及郭志邦君的专一。五年间始终不懈地、专心地、出全力地为他服劳的，实在只有郭志邦君一人。

他在五年前给我打酒，为我们烧面，招呼我们搬家。在五年的一千八百天中，不断地看守门房，收发信件，打钟报时，经过他的手的信件，倘以平均每日收发一百封计，已有十万零八千封①。他的打钟，倘以平均每天二十次计，已有三万六千次。但他的态度未尝稍变，他的服务未尝稍懈，五年如一日。苦患的时候——例如前年的兵灾——他站在前面；享乐的时候——例如开同乐会——他退在后面。而

① 此处计算有误，应为十八万封。

**140**

他所得的工资，又常是微薄得很的。青年的园友们，试想想看：这种刻苦、坚忍、谦虚、知足的精神，我们应该如何钦佩！在五周年纪念会的席上，我们应该赠他"立达的元勋"的尊号呢。

我在立达五周年纪念节所起的感想，只有这一点对志邦君的惭愧心。

方長不折

## 好花时节不闲身

世事之乐不在于实行而在于希望，
犹似风景之美不在其中而在其外。

重生

# 春

　　春是多么可爱的一个名词！自古以来的人都赞美它，希望它长在人间。诗人，特别是词客，对春爱慕尤深。试翻词选，差不多每页上可以找到一个春字。后人听惯了这种话，自然地随喜附和，即使实际上没有理解春的可爱的人，一说起春也会觉得欢喜。这一半是春这个字的音容所暗示的。"春！"你听，这个音读起来何等温雅华丽而惺忪可爱！你看，这个字的形状何等齐整妥帖而具足对称的美！这么美的名字所隶属的时节，想起来一定很可爱。好比听见名叫"丽华"的女子，想来一定是个美人。然而实际上春不是那么可喜的一个时节。我积三十六年之经验，深知暮春以前的春天，生活上是很不愉快的。

　　梅花带雪开了，说道是漏泄春的消息。但这完全是精神上的春，实际上雨雪霏霏，北风烈烈，与严冬何异？所谓迎春的人，也只是瑟缩地躲在房栊内，战栗地站在屋檐下，望望枯枝一般的梅花罢了！

　　再迟个把月吧，就像现在：惊蛰已过，所谓春将半了。住在都会里的朋友想象此刻的乡村，足有画图一般美丽而愉快，连忙写信来催我写春的随笔。好像因为我偎傍着春，惹他们妒忌似的。其实我们住在乡村间的人，并没有感到快乐，却生受了种种的不舒服。寒暑表激烈地升降于三十六度至六十二度之间。一日之内，乍暖乍寒。暖起来可以想起都会里的冰淇淋，寒起来几乎可见天然冰，饱尝了所谓"料峭"的滋味。天气又忽晴忽雨，偶一出门，干燥的鞋子往往拖泥带水归来。"一春能有几番晴"是真的。"小楼一夜听春雨"其实没有什么好听，单调得很，远不及你们都会里的无线电的花样繁多呀！春将半了，但它并没有给我们一点舒服，只教我们天天愁寒，愁暖，愁风，愁雨。正是"三分春色二分愁，更一分风雨"！

春的景象，只有乍寒、乍暖、忽晴、忽雨，是实际而明确的。此外虽有春的美景，但都隐约模糊，要仔细探寻，才可依稀仿佛地见到，这就是所谓"寻春"吧？有的说"春在卖花声里"，有的说"春在梨花"，又有的说"红杏枝头春意闹"，但这种景象在我们这枯寂的乡村里都不易见到。即使见到了，肉眼也不易认识。总之，春所带来的美，少而隐；春所带来的不快，多而确。诗人词客似乎也承认这一点，春寒、春困、春愁、春怨，不是诗词中的常谈吗？不但现在如此，就是再过个把月，到了清明时节，也不见得一定春光明媚，令人极乐。倘又是落雨，路上的行人将要"断魂"呢。

可知春徒美其名，在实际生活上是很不愉快的。实际，一年中最愉快的时节，是从暮春开始的。就气候上说，暮春以前虽然大体逐渐由寒向暖，但变化多端，始终是乍寒乍暖，最难将息的时候。到了暮春，方才冬天的影响完全消灭，而一路向暖。寒暑表上的水银爬到 temperate 的上面，正是气候最 temperate 的时节。就景色上说，春色不须寻找，有广大的绿野青山，慰人心目。古人词云："杜宇一声春去，树头无数青山。"原来山要到春去的时候方才全青，而惹人注目。我觉得自然景色中，青草与白雪是最伟大的现象。造物者描写"自然"这幅大画图时，对于春红、秋艳，都只是略蘸些胭脂、朱碟，轻描淡写。到了描写白雪与青草，他就毫不吝惜颜料，用刷子蘸了铅粉、藤黄和花青而大块地涂抹，使屋屋皆白，山山皆青。

这仿佛是米派山水的点染法，又好像是 Cézanne① 风景画的"色的块"，何等泼辣的画风！而草色青青，连天遍野，尤为和平可亲，大公无私的春色。花木有时被关闭在私人的庭园里，吃了园丁的私刑而献媚于绅士淑女之前。草则到处自生自长，不择贵贱高下。人都以为花是春的作品，其实春工不在花枝，而在于草。看花的能有几人？草则广被大自然的表面，普遍地受大众的欣赏。这种美景，是早春所见不到的。那时候山野中枯草遍地，满目焦黄之色，看了令人不快。必须到了暮春，枯草尽去，才有真的青山绿野的出现，而天地为之一新。一年好景，无过于此时。自然对人的恩宠，也以此时为最深厚了。

讲求实利的西洋人，向来重视这季节，称之为 May（五月）。May 是一年中最愉快的时节，人间有种种的娱乐，即所谓 May-queen（五月美人）、May-pole（五月彩柱）、May-games（五月游艺）等。May 这一个字，原是"青春""盛

---

① 即法国画家塞尚。在本书中作者译为"赛尚痕"，见 P227。

年"的意思。可知西洋人视一年中的五月，犹如人生中的青年，为最快乐、最精彩的时期。这确是名副其实的。但东洋人的看法就与他们不同：东洋人称这时期为暮春，正是留春、送春、惜春、伤春，而感慨、悲叹、流泪的时候，全然说不到乐。

东洋人之乐，乃在"绿柳才黄半未匀"的新春，便是那忽晴、忽雨、乍暖、乍寒，最难将息的时候。这时候实际生活上虽然并不舒服，但默察花柳的萌动，静观天地的回春，在精神上是最愉快的。故西洋的"May"相当于东洋的"春"。这两个字读起来声音都很好听，看起来样子都很美丽。不过May 是物质的、实利的；而春是精神的、艺术的。东西洋文化的判别，在这里也可窥见。

# 杨柳

　　因为我的画中多杨柳，就有人说我喜欢杨柳；因为有人说我喜欢杨柳，我似觉自己真与杨柳有缘。但我也曾问心，为什么喜欢杨柳？到底与杨柳树有什么深缘？其答案了不可得。

　　原来这完全是偶然的：昔年我住在白马湖上，看见人们在湖边种柳，我向他们讨了一小株，种在寓屋的墙角里。因此给这屋取名为"小杨柳屋"，因此常取见惯的杨柳为画材，因此就有人说我喜欢杨柳，因此我自己似觉与杨柳有缘。假如当时人们在湖边种荆棘，也许我会给屋取名为"小荆棘屋"，而专画荆棘，成为与荆棘有缘，亦未可知。天下事往往如此。

　　但假如我存心要和杨柳结缘，就不说上面的话，而可以附会种种的理由上去。或者说我爱它的鹅黄嫩绿，或者说我爱它的如醉如舞，或者说我爱它像小蛮的腰，或者说我爱它是陶渊明的宅边所种，或者还可引援"客舍青青"的诗、"树犹如此"的话，以及"王恭之貌""张绪之神"等种种古典来，作为自己爱柳的理由。即使要找三百个冠冕堂皇、高雅深刻的理由，也是很容易的。天下事又往往如此。

　　也许我曾经对人说过"我爱杨柳"的话。但这话也是随缘的。仿佛我偶然买一双黑袜穿在脚上，逢人问我"为什么穿黑袜"时，就对他说"我喜欢穿黑袜"一样。实际，我向来对于花木无所爱好；即有之，亦无所执着。这是因为我生长穷乡，只见桑麻、禾黍、烟片、棉花、小麦、大豆，不曾亲近过万花如绣的园林。只在几本旧书里看见过"紫薇""红杏""芍药""牡丹"等美丽的名称，但难得亲近这等名称的所有者。并非完全没有见过，只因见时它们往往使我失望，不相信这便是曾对紫薇郎的紫薇花，曾使尚书出名的红杏，曾傍美人醉卧的芍药，或者象征富贵的牡丹。我觉得它们也只是植物中的几种，不过少见而名贵些，实在也没有什么特别可爱的地方，似乎不配在诗词中那样地受人称赞，更不配在花木中占据那样高尚的地位。因此我似觉诗词中所赞叹的名花是另外一种，不是我现在所看见的这种植物。我也曾偶游富丽的花园，但终于不曾见过十足地配称"万花如绣"的景象。

假如我现在要赞美一种植物，我仍是要赞美杨柳。但这与前缘无关，只是我这几天的所感，一时兴到，随便谈谈，也不会像信仰宗教或崇拜主义地毕生皈依它。为的是昨日天气佳，埋头写作到傍晚，不免走到西湖边的长椅子里去坐了一会儿。看见湖岸的杨柳树上，好像挂着几万串嫩绿的珠子，在温暖的春风中飘来飘去，飘出许多弯度微微的S线来，觉得这一种植物实在美丽可爱，非赞它一下不可。

听人说，这种植物是最贱的。剪一根枝条来插在地上，它也会活起来，后来变成一株大杨柳树。它不需要高贵的肥料或工深的壅培，只要有阳光、泥土和水，便会生活，而且

**150**

生得非常强健而美丽。牡丹花要吃猪肚肠，葡萄藤要吃肉汤，许多花木要吃豆饼；但杨柳树不要吃人家的东西，因此人们说它是"贱"的。大概"贵"是要吃的意思。越要吃得多，越要吃得好，就是越"贵"。吃得很多很好而没有用处，只供观赏的，似乎更贵。例如牡丹比葡萄贵，是为了牡丹吃了猪肚肠只供观赏，而葡萄吃了肉汤有结果的缘故。杨柳不要吃人的东西，且有木材供人用，因此被人看作"贱"的。

我赞杨柳美丽，但其美与牡丹不同，与别的一切花木都不同。杨柳的主要的美点，是其下垂。花木大都是向上发展的，红杏能长到"出墙"，古木能长到"参天"。向上原是好的，但我往往看见枝叶花果蒸蒸日上，似乎忘记了下面的根，觉得其样子可恶；你们是靠它养活的，怎么只管高踞在上面，绝不理睬它呢？你们的生命建设在它上面，怎么只管贪图自己的光荣，而绝不回顾处在泥土中的根本呢？花木大都如此。

甚至下面的根已经被斫，而上面的花叶还是欣欣向荣，在那里作最后一刻的威福，真是可恶而又可怜！杨柳没有这般可恶可怜的样子：它不是不会向上生长。它长得很快，而且很高；但是越长得高，越垂得低。千万条陌头细柳，条条不忘记根本，常常俯首顾着下面，时时借了春风之力，向处在泥土中的根本拜舞，或者和它亲吻。好像一群活泼的孩子环绕着他们的慈母而游戏，但时时依傍到慈母的身边去，或者扑进慈母的怀里去，使人看了觉得非常可爱。杨柳树也有高出墙头的，但我不嫌它高，为了它高而能下，为了它高而不忘本。

自古以来，诗文常以杨柳为春的一种主要题材。写春景曰"万树垂杨",写春色曰"陌头杨柳",或竟称春天为"柳条春"。我以为这并非仅为杨柳当春抽条的缘故,实因其树有一种特殊的姿态,与和平美丽的春光十分调和的缘故。这种姿态的特点,便是"下垂"。不然,当春发芽的树木不知凡几,何以专让柳条做春的主人呢?只为别的树木都凭仗了东君的势力而拼命向上,一味好高,忘记了自己的根本,其贪婪之相不合于春的精神。最能象征春的神意的,只有垂杨。这是我昨天看了西湖边上的杨柳而一时兴起的感想。但我所赞美的不仅是西湖上的杨柳。在这几天的春光之下,乡村处处的杨柳都有这般可赞美的姿态。西湖似乎太高贵了,反而不适于栽植这种"贱"的垂杨呢。

雨後

放生池畔憶前塵

# 竹影

几个小伙伴，借着月光画竹影，你一笔，我一画，参参差差，明明暗暗，竟然有几分中国画的意味。也许，艺术和美就蕴含在孩子的童稚活动中。你是否有过类似的体验呢？

吃过晚饭后，天气还是闷热。窗子完全打开了，房间里还坐不牢。太阳虽已落山，天还没有黑。一种幽暗的光弥漫在窗际，仿佛电影中的一幕。我和弟弟就搬了藤椅子，到屋后的院子里去乘凉。

天空好像一盏乏了油的灯，红光渐渐地减弱。我把眼睛守定西天看了一会儿，看见那光一跳一跳地沉下去，非常微细，但又非常迅速而不可挽救。正在看得出神，似觉眼梢头另一种微光，渐渐地在那里强起来。回头一看，原来月亮已在东天的竹叶中间放出她的清光。院子里的光景已由暖色变成寒色，由长音阶（大音阶）变成短音阶（小音阶）了。门口一个黑影出现，好像一只立起的青蛙，向我们跳将过来。来的是弟弟的同学华明。

"哎，你们惬意得很！这椅子给我坐的？"他不待我们回答，一屁股坐在藤椅上，剧烈地摇他的两脚。椅子背所靠的那根竹，跟了他的动作而发抖，上面的竹叶作出萧萧的声音来。这引起了三人的注意，大家仰起头来向天空看。月亮已经升得很高，隐在一丛竹叶中。竹叶的摇动把她切成许多不规则的小块，闪烁地映入我们的眼中。大家赞美了一番之后，我说："我们今晚干些什么呢？"弟弟说："我们谈天吧。我先有一个问题给你们猜：细看月亮光底下的人影，头上出烟气。这是什么道理？"我和华明都不相信，于是大家走出竹林外，蹲下来看水门汀上的人影。我看了好久，果然看见头上有一缕一缕的细烟，好像漫画里所描写的动怒的人。"是口里的热气？""是头上的汗水在那里蒸发吧？"大家蹲在地上争论了一会儿，没有解决。华明的注意力却转向了别处，他从身边摸出一支半寸长的铅笔来，在水门汀上热心地描写自己的影。描好了，立起来一看，真像一只青蛙，他自己看了也要笑。徘徊之间，我们同时发现了映在水门汀上的竹叶的影子，同声地叫起来："啊！好看啊！中国画！"华明就拿半寸长的铅笔去描。弟弟手痒起来，连忙跑进屋里去拿铅笔。我学他的口头禅喊他："对起，对起，给我也带一支来！"不久他拿了一把木炭来分送我们。华明就收藏了他那半寸长的法宝，改用木炭来描。大家蹲下去，用木炭在水门汀上参参差差地描出许多竹叶来。一面谈着："这一枝很像校长先生房间里的横幅呢！""这一丛很像我家堂前的立轴呢！""这是《芥子园画谱》里的！""这是吴昌硕的！"忽然一个大人的声音在我们头上慢慢地响出来："这是管夫人的！"大家吃了一惊，立起身来，看见爸爸反背着手立在水门汀旁的草地上看我们描竹，他明明是来得很久了。华明难为情似的站了起来，把拿木炭的手藏在背后，似乎害怕爸爸责备他弄脏了我家的水门汀。爸爸似乎很理解他的意思，立刻对着他说道："谁想出来的？这画法真好玩呢！我也来描几瓣看。"弟弟连忙拣木炭给他。爸爸也蹲在地上描竹叶了，这时候华明方才放心，我们也更加高兴，一边描，一边拿许多话问爸爸：

"管夫人是谁？""她是一位善于画竹的女画家。她的丈夫名叫赵子昂，是一位善于画马的男画家。他们是元朝人，是中国很有名的两大夫妻画家。"

"马的确难画，竹有什么难画呢？照我们现在这种描法，岂不很容易又很好看吗？""容易固然容易；但是这么'依样画葫芦'，终究缺乏画意，不过好玩罢了。画竹不是照真竹一样描，须经过选择和布置。画家选择竹的最好看的姿态，巧妙地布置在纸上，然后成为竹的名画。这选择和布置很困难，并不比画马容易。画马的困难在于马本身上，画竹的困难在于竹叶的结合上。粗看竹画，好像只是墨笔的乱撇，其实竹叶的方向、疏密、浓淡、肥瘦，以及集合的形体，都要讲究。所以在中国画法上，竹是一专门部分。平生专门研究画竹的画家也有。"

"竹为什么不用绿颜料来画，而常用墨笔来画呢？用绿颜料撇竹叶，不更像吗？""中国画不注重'像不像'，不像西洋画那样画得同真物一样。凡画一物，只要能表现出像我们闭目回想时所见的一种神气，就是佳作了。所以西洋画像照相，中国画像符号。符号只要用墨笔就够了。原来墨是很好的一种颜料，它是红黄蓝三原色等量混合而成的。故墨画中看似只有一色，其实包罗三原色，即包罗世界上所有的颜色。故墨画在中国画中是很高贵的一种画法。故用墨来画竹，是最正当的。倘然用了绿颜料，就因为太像实物，反而失却神气。所以中国画家不喜欢用绿颜料画竹；反之，却喜欢用与绿相反的红色来画竹。这叫作'朱竹'，是用笔蘸了朱砂来撇的。你想，世界上哪有红色的竹？但这时候画家所描的，实在已经不是竹，而是竹的一种美的姿势，一种活的神气，所以不妨用红色来描。"爸爸说到这里，丢了手中的木炭，立起身来结束说："中国画大都如此。我们对中国画应该都取这样的看法。"

月亮渐渐升高了，竹影渐渐与地上描着的木炭线相分离，现出参差不齐的样子来，好像脱了版的印刷。夜渐深了，华明就告辞。"明天白天来看这地上描着的影子，一定更好看。但希望天不要落雨，洗去了我们的'墨竹'，大家明天会！"他说着就出去了。我们送他出门。

我回到堂前，看见中堂挂着的立轴——吴昌硕描的墨竹，似觉更有意味。那些竹叶的方向、疏密、浓淡、肥瘦，以及集合的形体，似乎都有意义，表现着一种美的姿态，一种活的神气。

# 秋

　　我的年岁上冠用了"三十"二字，至今已两年了。不解达观的我，从这两个字上受到了不少的暗示与影响。虽然明明觉得自己的体格与精力比二十九岁时全然没有什么差异，但"三十"这一个观念笼在头上，犹之张了一顶阳伞，使我的全身蒙了一个暗淡色的阴影，又仿佛在日历上撕过了立秋的一页以后，虽然太阳的炎威依然没有减却，寒暑表上的热度依然没有降低，然而只当得余威与残暑，或霜降木落的先驱，大地的节候已从今移交于秋了。

　　实际，我两年来的心情与秋最容易调和而融合。这情形与从前不同。在往年，我只慕春天。我最欢喜杨柳与燕子。尤其欢喜初染鹅黄的嫩柳。我曾经名自己的寓居为"小杨柳屋"，曾经画了许多杨柳燕子的画，又曾经摘取秀长的杨柳，在厚纸上裱成各种风调的眉，想象这等眉的所有者的颜貌，而在其下面添描出眼鼻与口。那时候我每逢早春时节，正月二月之交，看见杨柳枝的线条上挂了细珠，带了隐隐的青色而"遥看近却无"的时候，我心中便充满了一种狂喜，这狂喜又立刻变成焦虑，似乎常常在说："春来了！不要放过！赶快设法招待它，享乐它，永远留住它。"我读了"良辰美景奈何天"等句，曾经真心地感动。以为古人都太息一春的虚度，前车可鉴！到我手里决不放它空过了。最是逢到了古人怆惜最深的寒食清明，我心中的焦灼便更甚。那一天我总想有一种足以充分酬偿这佳节的举动。我准拟作诗、作画，或痛饮、漫游。虽然大多不被实行，或实行而全无效果，反而中了酒，闹了事，换得了不快的回忆。但我总不灰心，总觉得春的可恋。我心中似乎只有知道春，别的三季在我都当作春的预备，或待春的休息时间，全然不曾注意到它们的存在与意义。而对于秋，尤无感觉：因为夏连续在春的后面，在我可当作春的过剩；冬先行在春的前面，在我可当作春的准备；独有与春全无关联的秋，在我心中一向没有它的位置。

自从我的年龄告了立秋以后，两年来的心境完全转了一个方向，也变成秋天了。然而情形与前不同：并不是在秋日感到像昔日的狂喜与焦灼。我只觉得一到秋天，自己的心境便十分调和。非但没有那种狂喜与焦灼，且常常被秋风秋雨秋色秋光所吸引而融化在秋中，暂时失却了自己的所在。而对于春，又并非像昔日对于秋的无感觉。我现在对于春非常厌恶。每当万象回春的时候，看到群花的斗艳、蜂蝶的扰攘，以及草木昆虫等到处争先恐后地滋生繁殖的状态，我觉得天地间的凡庸、贪婪、无耻与愚痴，无过于此了！尤其是在青春的时候，看到柳条上挂了隐隐的绿珠，桃枝上着了点点的红斑，最使我觉得可笑又可怜。我想唤醒一个花蕊来对它说："啊！你也来反复这老调了！我眼看见你的无数祖先，个个同你一样地出世，个个努力发展，争荣竞秀；不久没有一个不憔悴而化泥尘。你何苦也来反复这老调呢？如今你已长了这孽根，将来看你弄娇弄艳，装笑装颦，招致了蹂躏、摧残、攀折之苦，而步你的祖先们的后尘！"

实际，迎送了三十几次的春来春去的人，对于花事早已看得厌倦，感觉已经麻木，热情已经冷却，决不会再像初见世面的青年少女似的为花的幻姿所诱惑而赞之、叹之、怜之、惜之了。况且天地万物，没有一件逃得出荣枯、盛衰、生夭、有无之理。过去的历史昭然地证明着这一点，无须我们再说。古来无数的诗人千篇一律地为伤春惜花费词，这种效颦也觉得可厌。假如要我对于世间的生荣死灭费一点词，我觉得生荣不足道，而宁愿欢喜赞叹一切的死灭。对于前者的贪婪、愚昧与怯弱，后者的态度何等谦逊、悟达而伟大！我对于春与秋的取舍，也是为了这一点。

夏目漱石三十岁的时候，曾经这样说："人生二十而知有生的利益；二十五而知有明之处必有暗；至于三十岁的今日，更知明多之处暗亦多，欢浓之时愁亦重。"我现在对于这话也深抱同感；同时又觉得三十的特征不止这一端，其更特殊的是对于死的体感。青年们恋爱不遂的时候惯说生生死死，然而这不过是知有"死"的一回事而已，不是体感。犹之在饮冰挥扇的夏日，不能体感到围炉拥衾的冬夜的滋味。就是我们阅历了三十几度寒暑的人，在前几天的炎阳之下也无论如何感不到浴日的滋味。围炉、拥衾、浴日等事，在夏天的人的心中只是一种空虚的知识，不过晓得将来须有这些事而已，但是不可能体感它们的滋味。须得入了秋天，炎阳逞尽了威势而渐渐退却，汗水浸胖了的肌肤渐渐收缩，身穿

**161**

单衣似乎要打寒噤,而手触法兰绒觉得快适的时候,于是围炉、拥衾、浴日等知识方能渐渐融入体验界中而化为体感。我的年龄告了立秋以后,心境中所起的最特殊的状态便是这对于"死"的体感。以前我的思虑真疏浅!以为春可以常在人间,人可以永在青年,竟完全没有想到死。又以为人生的意义只在于生,而我的一生最有意义,似乎我是不会死的。直到现在,仗了秋的慈光的鉴照,死的灵气钟育,才知道生的甘苦悲欢,是天地间反复过亿万次的老调,又何足珍惜?我但求此生的平安的度送与脱出而已,犹之罷了疯狂的人,病中的颠倒迷离何足计较?但求其去病而已。

我正要搁笔,忽然西窗外黑云弥漫,天际闪出一道电光,发出隐隐的雷声,骤然洒下一阵夹着冰雹的秋雨。啊!原来立秋过得不多天,秋心稚嫩而未曾老练,不免还有这种不调和的现象,可怕哉!

独来見月多帰思
暁起開籠
放鵲鴿

新竹成陰無彈射
不妨同享此薰風

# 梧桐树

　　寓楼的窗前有好几株梧桐树。这些都是邻家院子里的东西，但在形式上是我所有的。因为它们和我隔着适当的距离，好像是专门种给我看的。它们的主人，对于它们的局部状态也许比我看得清楚；但是对于它们的全体容貌怕始终没看清楚呢。因为这必须隔着相当的距离方才看见。唐人诗云："山远始为容。"我以为树亦如此。自初夏至今，这几株梧桐树在我面前浓妆淡抹，显出了种种的容貌。

　　当春尽夏初，我眼看见新桐初乳的光景。那些嫩黄的小叶子一簇簇地顶在秃枝头上，好像一堂树灯，又好像小学生的剪贴图案，布置均匀而带幼稚气。植物的生叶，也有种种技巧：有的新陈代谢，瞒过了人的眼睛而在暗中偷换青黄。有的微乎其微，渐乎其渐，使人不觉察其由秃枝变成绿叶。只有梧桐树的生叶，技巧最为拙劣，但态度最为坦白。它们的枝头疏而粗，它们的叶子平而大。叶子一生，全树显然变容。

　　在夏天，我又眼看见绿叶成荫的光景。那些团扇大的叶片，长得密密层层，望去不留一线空隙，好像一个大绿障；又好像图案画中的一座青山。在我所常见的庭院植物中，叶子之大，除了芭蕉以外，恐怕无过于梧桐了。芭蕉叶形状虽大，数目

165

不多，那丁香结要过好几天才展开一张叶子来，全树的叶子寥寥可数。梧桐叶虽不及它大，可是数目繁多。那猪耳朵一般的东西，重重叠叠地挂着，一直从低枝上挂到树顶。窗前摆了几枝梧桐，我觉得绿意实在太多了。古人说"芭蕉分绿上窗纱"，眼光未免太低，只是阶前窗下的所见而已。若登楼眺望，芭蕉便落在眼底，应见"梧桐分绿上窗纱"了。

一个月以来，我又眼看见梧桐叶落的光景。样子真凄惨呢！最初绿色黑暗起来，变成墨绿；后来又由墨绿转成焦黄；北风一吹，它们大惊小怪地闹将起来，大大的黄叶便开始辞枝——起初突然地落脱一两张来；后来成群地飞下一大批来，好像谁从高楼上丢下来的东西。枝头渐渐地虚空了，露出树后面的房屋来，终于只剩几根枝条，回复了春初的面目。这几天它们空手站在我的窗前，好像曾经娶妻生子而家破人亡了的光棍，样子怪可怜的！我想起了古人的诗："高高山头树，风吹叶落去。一去数千里，何当还故处？"现在倘要搜集它们的一切落叶来，使它们一齐变绿，重还故枝，回复夏日的光景，即使仗了世间一切支配者的势力，尽了世间一切机械的效能，也是不可能的事了！回黄转绿世间多，但象征悲哀的莫如落叶，尤其是梧桐的落叶。

但它们的主人，恐怕没有感到这种悲哀。因为他们虽然种植了它们，所有了它们，但都没有看见上述的种种光景。他们只是坐在窗下瞧瞧它们的根干，站在阶前仰望它们的枝叶，为它们扫扫落叶而已，何从看见它们的容貌呢？何从感到它们的象征呢？可知自然是不能被占有的。可知艺术也是不能被占有的。

# 山中避雨

前天同了两女孩到西湖山中游玩，天忽下雨。我们仓皇奔走，看见前方有一小庙，庙门口有三家村，其中一家是开小茶店而带卖香烟的。我们趋之如归。茶店虽小，茶也要一角钱一壶。但在这时候，即使两角钱一壶，我们也不嫌贵了。

茶越冲越淡，雨越落越大。最初因游山遇雨，觉得扫兴；这时候山中阻雨的一种寂寥而深沉的趣味牵引了我的感兴，反觉得比晴天游山趣味更好。所谓"山色空蒙雨亦奇"，我于此体会了这种境界的好处。然而两个女孩子不解这种趣味，她们坐在这小茶店里躲雨，只是怨天尤人，苦闷万状。我无法把我所体验的境界为她们说明，也不愿使她们"大人化"而体验我所感的趣味。

茶博士坐在门口拉胡琴。除雨声外，这是我们当时所闻的唯一的声音。拉的是《梅花三弄》，虽然声音摸得不大正确，拍子还拉得不错。这好像是因为顾客稀少，他坐在门口拉这曲胡琴来代替收音机做广告的。可惜他拉了一会儿就罢，使我们所闻的只是嘈杂而冗长的雨声。为了安慰两个女孩子，我就去向茶博士借胡琴。"你的胡琴借我弄弄好不好？"他很客气地把胡琴递给我。

　　我借了胡琴回茶店，两个女孩很欢喜。"你会拉的？你会拉的？"我就拉给她们看。手法虽生，音阶还摸得准。因为我小时候曾经请我家邻近的柴主人阿庆教过《梅花三弄》，又请对面弄内一个裁缝司务大汉教过胡琴上的工尺。阿庆的教法很特别，他只是拉《梅花三弄》给你听，却不教你工尺的曲谱。他拉得很熟，但他不知工尺。我对他的拉奏望洋兴叹，始终学他不来。后来知道大汉识字，就请教他。他把小工调、正工调的音阶位置写了一张纸给我，我的胡琴拉奏由此入门。现在所以能够摸出正确的音阶者，一半由于以前略有摸 violin（小提琴）的经验，一半仍是根基于大汉的教授的。在山中小茶店里的雨窗下，我用胡琴从容地（因为快了要拉错）拉了种种西洋小曲。两女孩和着歌唱，好像是西湖上卖唱的，引得三家村里的人都来看。一个女孩唱着《渔光曲》，要我用胡琴去和她。我和着她拉，三家村里的青年们也齐唱起来，一时把这苦雨荒山闹得十分温暖。我曾经吃过七八年音乐教师饭，曾经用 piano（钢琴）伴奏过混声四部合唱，曾经弹过 Beethoven（贝多芬）的 sonata（奏鸣曲）。但是有生以来，没有尝过今日般的音乐的趣味。

　　两部空黄包车拉过，被我们雇定了。我付了茶钱，还了胡琴，辞别三家村的青年们，坐上车子。油布遮盖我面前，看不见雨景。我回味刚才的经验，觉得胡琴这种乐器很有意思。piano 笨重如棺材，violin 要数十百元一具，制造虽精，世间有几人能够享用呢？胡琴只要两三角钱一把，虽然音域没有 violin 之广，也尽够演奏寻常小曲。虽然音色不比 violin 优美，装配得法，其发音也还可听。这种乐器在我国民间很流行，剃头店里有之,裁缝店里有之,江北船上有之,三家村里有之。倘能多造几个简易而高尚的胡琴曲,使像《渔光曲》一般流行于民间,其艺术陶冶的效果,恐比学校的音乐课广大得多呢。我离去三家村时,村里的青年们都送我上车,表示惜别。我也觉得有些依依(曾经搪塞他们说:"下星期再来!"其实恐怕我此生不会再到这三家村里去吃茶且拉胡琴了)。若没有胡琴的因缘,三家村里的青年对于我这路人有何惜别之情,而我又有何依依于这些萍水相逢的人呢?古语云:"乐以教和。"我做了七八年音乐教师没有实证过这句话,不料这天在这荒村中实证了。

白象及其五子

# 白象

　　白象是我家的爱猫，本来是我的次女林先家的爱猫，再本来是段老太太家的爱猫。

　　抗战初期，段老太太带了白象逃难到大后方。胜利后，又带了它复员到上海，与我的次女林先及吾婿宋慕法邻居。不知为了什么原因，段老太太把白象和它的独子小白象寄交林先、慕法家，变成了他们的爱猫。

　　我到上海，林先、慕法又把白象寄交我，关在一只无锡面筋的笼里，上火车，带回杭州，住在西湖边上的小屋里，变成了我家的爱猫。

　　白象真是可爱的猫！

　　不但为了它浑身雪白，伟大如象，又为了它的眼睛一黄一蓝，叫作"日月眼"。它从太阳光里走来的时候，瞳孔细得几乎没有，两眼竟像话剧舞台上所装置的两只光色不同的电灯，见者无不惊奇赞叹。收电灯费的人看见了它，几乎忘记拿钞票；查户口的警察看见了它，也暂时不查了。

　　白象到我家后，林先、慕法常写信来，说段老太太已迁居他处，但常常来他们家访问小白象，目的是探望白象的近况。我的幼女一吟，同情于段老太太的离愁，常常给白象拍照，寄交林先转交段老太太，以慰其相思。同时对于白象，更增爱护。

每天一吟读书回家，或她的大姐陈宝教书回家，一坐倒，白象就跳到她们的膝上，老实不客气地睡了。她们不忍拒绝，就坐着不动，向人要茶，要水，要换鞋，要报看。有时工人不在身边，我同老婆就当听差，送茶，送水，送鞋，送报。我们是间接服侍白象。

有一天，白象不见了。我们侦骑四出，遍寻不得。正在担忧，它偕同一只花斑猫，悄悄地回来了，大家惊喜。女工秀英说，这是招贤寺里的雄猫，说过笑起来。经过一个短促的休止符，大家都笑起来。原来它是到和尚寺里去找恋人去了，害得我们急死。

此后斑花猫常来，它也常去，大家不以为奇。我觉得白象更可爱了。因为她不像鲁迅先生的猫，恋爱时在屋顶上怪声怪气，吵得他不能读书写稿，而用长竹竿来打。

后来它的肚皮渐渐大起来了。约莫两三个月之后，它的肚皮大得特别，竟像一只白象了。我们用一只旧箱子，把盖拿去，作为它的产床。有一天，它临盆了，一胎五子，三只雪白的，两只斑花的。大家称庆，连忙叫男工樟鸿到岳坟去买新鲜鱼来给它吃。

小猫日夜长大，两星期之后，都会爬动。白象育儿耐苦得很，日夜躺卧，让五个孩子纠缠。它的身体庞大，在五只小猫看来，好比一个丘陵。它们恣意爬上爬下，好像西湖上的游客爬孤山一样。这光景真是好看。

不料有一天，一只小花猫死了。我的幼儿新枚，哭了一场，

**172**

拿一条美丽牌香烟的匣子，当作棺材，给它成殓，葬在西湖边的草地中。余下的四只，就特别爱惜。

我家有七个孩子，三个在外，四个在杭州，他们就把四只小猫分领，各认一只。长女陈宝领了花猫，三女宁馨，幼女一吟，幼儿新枚，各领一只白猫。这就好比乡下人把孩子过房给庙里的菩萨一样，有了"保佑"，"长命富贵"。大约他们不是菩萨，不能保佑，没过多久，一只小白猫又死了。剩下三只，一花二白，都很健康。看看已能吃鱼吃饭，不必全靠吃奶了，白象的母氏劬劳，也渐渐减省。它不必日夜躺着喂奶，可以随时出去散步，或跳到女孩们的膝上去睡觉了。女孩们笑它："做了母亲还要别人抱？"它不理，管自睡在人家怀里。

有一天，白象不回来吃中饭。"难道又到和尚寺里去找恋人了？"大家疑问。等到天黑，终于不回来。秀英当夜到寺里去寻，不见。明天又不回来。问题严重起来。我就写两张海报："寻猫：敝处走失日月眼大白猫一只。如有仁人君子觅得送还，奉酬法币十万元。储款以待，决不食言。××路××号谨启。"

过了两天，有邻人来言："前几天看见一只大白猫死在地藏庵与复性书院之间的水沼里，恐怕是你们的。"我们闻耗奔丧，找不到尸体。问地藏庵里的警察，也说不知，又说，大概清道夫取去了。

我们回家，大家沉默致哀，接着就讨论它的死因。有的说是它自己失脚落水，有的说是顽童推它下水，莫衷一是。后来新枚来报告，邻家的孩子曾经看见一只大白猫死在水沼上的大柳树上，后来被人踢到水沼里。孩子不会说诳，此说大约可靠。

且我听说，猫不肯死在家里，自知临命终了，必远行至无人处，然后辞世。故此说更觉可靠。我觉得这点猫性，颇可赞美。这有壮士之风，不愿死时户牖下儿女之手中，而情愿战死沙场，马革裹尸。这又有高士风，不愿病死在床上，而情愿遁迹深山，不知所终。

总之，白象却已不在"猫间"了。

白象失踪的第二天，林先从上海来杭。一到，先问白象。骤闻噩耗，惊慌失色。因为她是受了段老太太之托，此番来杭将把白象带回上海，重归旧主的。相差一天，天缘何悭！然而天实为之，谓之何哉。所幸它还有三个遗孤，虽非日月眼，而健壮活泼，足以承继血统。

为防损失，特把一只小花猫寄交我的好友家。其余两匹小白猫，常在我的身边。每逢我架起了脚看报或吃酒的时候，它们爬到我的两只脚上，一高一低，一动一静，别人看见了都要笑。我倒已经习以为常，似觉一坐下来，脚上天生有两只小猫似的。

# 贪污的猫

我家养了五只猫。除了一只白猫是已故的老白猫"白象"所生以外，其余四只都是别人送我们的。就因为我在《自由谈》上写了那篇悼白象的文章，读者以为我喜欢猫，便你一只、我一只地送来。其实我并不喜欢真猫，不过在画中喜欢画猫而已；喜欢猫的，倒是我的女孩子们。因为她们喜欢，就来者不拒，只只收养。客人偶然来访，看见这许多猫围着炭火炉睡觉，洗脸，捉尾巴，厮打，互相舐面孔，都说："好玩！""有趣！"殊不知主人养这五只猫，麻烦透顶，讨气之极！客人们只在刹那间看到其光明的一面，而不知其平时的黑暗生活；好比只看见团体照相的冠冕堂皇，而不悉机关内容的腐败丑恶，自然交口赞誉。若知道了这群猫的生活的黑暗方面，包管你们没有一人肯收养的！原来它们讨气得很：贪嘴，偷食，而且把烂污撒在每人的床脚底下，竟是一群"贪污的猫"。

有一天，大司务买菜回来，把菜篮向厨房的桌上一放，去解一个溲。回来时篮内一条大鳜鱼不翼而飞了。东寻西找，遍觅不得。忽听见后面篱笆内有猫吼声，原来五只猫躲在那里分赃，分得不均，正在那里吵架！大司务把每只猫打一顿，以示惩戒；然而赃物已大半被吞，狼藉满地，收不回来了。

后来又有一天，因为市上猫鱼常常缺乏，大司务一次买了一万元猫鱼来囤积。好在天冷，还不致变坏。他受了上次的教训，把囤积的猫鱼放在菜橱的最高层。这天晚上，厨房里"砰澎括拉"，闹个不休。大司务以为猫在捉老鼠，预备明天对猫明令嘉奖。岂知第二天早上起来一看，橱门已经洞开，囤积在上层的猫鱼被吃得精光，还把鱼骨头零零落落地掉在下层的菜碗里。大司务照例又把五只猫各打一顿，并且饿它们一天，以示惩戒。自今以后，橱门上加了锁，每晚锁好，以防贪污。

猫在一晚上吃了一万元猫鱼，隔夜饱了，次日白天，不吃无妨。但到了晚快，隔夜吃的早已消化，肚子饿起来，就向大司务叫喊。大司务不但不喂，又给一顿打。诸猫无奈，就向食桌上转念头。这晚上正好有一尾大鱼。老妈子端齐了菜蔬碗，叫声大家吃饭，管自去了。偏偏这晚上大家事忙，各人躲在房间里，工作放不下手，迟了一二分钟出来。一看，桌上有一只空盆，盆底上略有些汤。我以为今晚大司务做了一样别致的菜了。再看，桌上一道淋漓点滴的汤，和几个猫脚印。这正是猫的贪污的证据了，我连忙告发。大家到处通缉，迄无着落。后来听得厢房内有猫叫声，连忙打开电灯一看，五只猫麇集在客人床里吃一条大鱼，鱼头、鱼尾、鱼汤，点缀在刚从三友实业社出三十万元买来的白床毯上！这回大加惩罚：主母打一顿，老妈子和大司务又打一顿。打过之后，也不过大家警戒，以后有鱼，千万当心，谨防贪污。而这天的晚餐，大家没得鱼吃了。

以后，鱼的贪污，因为防范甚严，没有发生。岂知贪污不一定为鱼，凡有油水有腥气的东西，皆为猫所觊觎。昨天耶稣圣诞，有人送我一个花蛋糕，像帽笼这么一匣。客人在座，我先打开来鉴赏一下，赞美一下，但见花花绿绿的，甜香烘烘的，教人吞唾液。客人告辞，大家送出门去，道谢道别。不过一二分钟，回转来一看，五只猫围着蛋糕，有的正在舐食上面的糖花，有的咬了一口蛋糕，正在歪着头咀嚼。连忙大喊"打猫"，五猫纷纷跳下桌子，扬长而去。而蛋糕已被弄得一塌糊涂，不堪入目了。我们只得把五猫吃剩的蛋糕上面削去一层，把下面的大家分食了。下令通缉，诸猫均在逃，终无着落。

上面所举，只是著名的几件大案子。此外小小案件，不可胜计，我也懒得一一呈报了。更有可恶的，贪吃偷食之外，又要撒烂污在每人的床底下。就如昨夜，我睡在床里，闻得猫屎臭，又腥又酸的，令人作呕。只得冒了夜寒，披衣起床，用电筒检查。但见枕头底下的地上，赫然一堆猫屎！我房间中，本来早已戒严，无论昼夜不准贪污的猫入内。但是这些东西又小又滑，防不胜防。我们无法杜绝贪污。只得因循姑息下去。大小贪污案件，都只在发生的当初轰动一时，过后渐渐冷却，大家不提，就以不了了之。因此诸猫贪污如旧。

今天，我忽发心，要彻底查究猫的贪污，以根绝后患。我想，猫的贪污，定是由于没有吃饱之故；倘把只只猫喂饱，它们食欲满足，就各自去睡觉，洗脸，捉尾巴，厮打，或互相舐面孔，不致作恶为非了。于是我叫大司务来，问他："每日喂几顿？每顿多少分量？"大司务说："每日规定三顿，每顿规定一千元猫鱼，拌一大碗饭。"我说："猫有五只，这一点点怎么吃得饱呢？"大司务说："它们倾轧得厉害。有时大猫把小猫挤开，先拣鱼来吃光，然后让小猫吃。有时小猫先落手为强，轮到大猫就没得吃。吃是的确吃不饱的。"我说："为什么不多买点猫鱼，多拌点饭呢？"大司务说："……"过了一会儿，又说："太太规定如此的。"我说："你去。"就去找太太，讨论猫的待遇问题。我说："这许多猫，怎么每天只给一千元猫鱼呢？待遇这样薄，难怪它们要贪污了！"太太满不在乎地回答："并没有薄，一向如此呀！"我说："物价涨了呀！从前一千元猫鱼很多，现在一千元猫鱼只有一点点了！你这办法，正是教唆诸猫贪污！你想，它们吃不饱，只有东钻西钻，偷偷摸摸，狼狈为奸，集团贪污。照过去估计，猫的贪污，使我们损失很大！你贪小失大，不是办法。依我之见，不如从今大加调整。以物价指数为比例：米三十万元的时候每天给一千元猫鱼，如今米九十万了，应给三千元猫鱼。这样，它们只只吃饱，贪污事件自然减少起来。"太太起初不肯。后来我提及了三友实业社的三十万元的床毯被猫集团贪污而弄脏的事件，太太肉痛起来，就答允调整。立刻下手令给大司务，从明天起每日买三千元猫鱼。料想今后，我家猫的贪污案件，一定可以减少了。

# 阿咪

阿咪者，小白猫也。十五年前我曾为大白猫"白象"写文。白象死后又曾养一黄猫，并未为它写文。最近来了这阿咪，似觉非写不可了。盖在黄猫时代我早有所感，想再度替猫写照。但念此种文章，无益于世道人心，不写也罢。黄猫短命而死之后，写文之念遂消。直至最近，有人送了我这阿咪，此念复萌，不可遏止。率尔命笔，也顾不得世道人心了。

阿咪之父是中国猫，之母是外国猫。故阿咪毛甚长，有似兔子。想是秉承母教之故，态度异常活泼，除睡觉外，竟无片刻静止。地上倘有一物，便是它的游戏伴侣，百玩不厌。人倘理睬它一下，它就用姿态动作代替言语，和你大打交道。此时你即使有要事在身，也只得暂时撇开，与它应酬一下；即使有懊恼的在心，也自会忘怀一切，笑逐颜开。哭的孩子看见了阿咪，会破涕为笑呢。

我家平日只有四个大人和半个小孩。半个小孩者，便是我女儿的干女儿，住在隔壁，每星期三天宿在家里，四天宿在这里，但白天总是上学。

因此，我家白昼往往岑寂，写作的埋头写作，做家务的专心家务，肃静无声，有时竟像修道院。自从来了阿咪，家中忽然热闹了。厨房里常有保姆的话声或骂声，其对象便是阿咪。室中常有陌生的笑谈声，是送信人或邮递员在欣赏阿咪。来客之中，送信人及邮递员最是枯燥，往往交了信件就走，绝少开口谈话。自从家里有了阿咪，这些客人亲昵得多了。常常因猫而问长问短，有说有笑，送出了信件还是流连不忍遽去。

访客之中，有的也很枯燥无味。他们是为公事或私事或礼貌而来的，谈话有的规矩严肃，有的啰苏疙瘩，有的虚空无聊，谈完了天气之后只得默守冷场。然而自从来了阿咪，我们的谈话有了插曲，有了调节，主客都舒畅了。有一个为正经而来的客人，正在侃侃而谈之时，看见阿咪姗姗而来，注意力便被吸引，不能再谈下去，甚至我问他也不回答了。又有一个客人向我叙述一件颇伤脑筋之事，谈话冗长曲折，连听者也很吃力。谈至中途，阿咪蹦跳而来，无端地仰卧在我面前了。这客人正在愤慨之际，忽然转怒为喜，停止发言，赞道："这猫很有趣！"便欣赏它，抚弄它，获得了片时的休息与调节。有一个客人带了个孩子来。我们谈话，孩子不感兴味，在旁枯坐。我家此时没有了小主人可陪小客人，我正抱歉，忽然阿咪从沙发下钻出，抱住了我的脚。于是大小客人共同欣赏阿咪，三人就团结一气了。

后来我应酬大客人，阿咪替我招待小客人，我这主人就放心了。原来小朋友最爱猫，和它厮伴半天，也不厌倦，甚至被它抓出了血也情愿。因为他们有一共通性：活泼好动。女孩子更喜欢猫，逗它玩它，抱它喂它，劳而不怨。因为她们也有个共通性：娇痴亲昵。

**180**

写到这里，我回想起已故的黄猫来了。这猫名叫"猫伯伯"。在我们故乡，"伯伯"不一定是尊称。我们称鬼为"鬼伯伯"，称贼为"贼伯伯"。故猫也不妨称为"猫伯伯"。大约对于特殊而引人注目的人物，都可讥讽地称之为"伯伯"。这猫的确是特殊而引人注目的。我的女儿最喜欢它。有时她正在写稿，忽然猫伯伯跳上书桌来，面对着她。端端正正地坐在稿纸上了。她不忍驱逐，就放下了笔，和它玩耍一会儿。有时它竟盘拢身体，就在稿纸上睡觉了，身体仿佛一堆牛粪，正好装满了一张稿纸。有一天，来了一位难得光临的贵客。我正襟危坐，专心应对。"久仰久仰"，"岂敢岂敢"，有似演剧。忽然猫伯伯跳上矮桌来，嗅嗅贵客的衣袖。

我觉得太唐突，想赶走它。贵客却抚它的背，极口称赞："这猫真好！"话头转向了猫，紧张的演剧就变成了和乐的闲谈。后来我把猫伯伯抱开，放在地上，希望它去了，好让我们演完这一幕。岂知过得不久，忽然猫伯伯跳到沙发背后，迅速地爬上贵客的背脊，端端正正地坐在他的后颈上了！这贵客身体魁梧奇伟，背脊颇有些驼，坐着喝茶时，猫伯伯看来是个小山坡，爬上去很不吃力。此时我但见贵客的天官赐福的面孔上方，露出一个威风凛凛的猫头，画出来真好看呢！我以主人口气呵斥猫伯伯的无理，一面起身捉猫。但贵客摇手阻止，把头低下，使山坡平坦些，让猫伯伯坐得舒服。如此甚好，我也何必做煞风景的主人呢？于是主客关系亲密起来，交情深入了一步。

可知猫是男女老幼一切人民大家喜爱的动物。猫的可爱，可说是群众意见。而实际上，如上所述，猫的确能化岑寂为热闹，变枯燥为生趣，转懊恼为欢笑；能助人亲善，教人团结。即使不捕老鼠，也有功于人生。那么我今为猫写照，恐是未可厚非之事吧？猫伯伯行年四岁，短命而死。这阿咪青春尚只有三个月。希望它长寿健康，像我老家的老猫一样，活到十八岁。这老猫是我的父亲的爱物。父亲晚酌时，它总是端坐在酒壶边。父亲常常摘些豆腐干喂它。六十年前之事，今犹历历在目呢。

# 沙坪小屋的鹅

　　抗战胜利后八个月零十天，我卖脱了三年前在重庆沙坪坝庙湾地方自建的小屋，迁居城中去等候归舟。

　　除了托庇三年的情感以外，我对这小屋实在毫无留恋。因为这屋太简陋了，这环境太荒凉了；我去屋如弃敝屣。倒是屋里养的一只白鹅，使我恋恋不忘。

　　这白鹅，是一位将要远行的朋友送给我的。这朋友住在北碚，特地从北碚把这鹅带到重庆来送我，我亲自抱了这雪白的大鸟回家，放在院子内。它伸长了头颈，左顾右盼，我一看这姿态，想道："好一个高傲的动物！"凡动物，头是最主要部分。这部分的形状，最能表明动物的性格。例如狮子、老虎，头都是大的，表示其力强。麒麟、骆驼，头都是高的，表示其高超。狼、狐、狗等，头都是尖的，表示其刁奸猥鄙。猪猡、乌龟等，头都是缩的，表示其冥顽愚蠢。鹅的头在比例上比骆驼更高，与麒麟相似，正是高超的性格的表示。而在它的叫声、步态、吃相中，更表示出一种傲慢之气。

　　鹅的叫声，与鸭的叫声大体相似，都是"轧轧"然的。但音调上大不相同。鸭的"轧轧"，其音调琐碎而愉快，有小心翼翼的意味；鹅的"轧轧"，其音调严肃郑重，有似厉声呵斥。它的旧主人告诉我：养鹅等于养狗，它也能看守门户。后来我看到果然：凡有生客进来，鹅必然厉声叫嚣；甚至篱笆外有人走路，也要它引吭大叫，其叫声的严厉，不亚于狗的狂吠。狗的狂吠，是专对生客或宵小用的；见了主人，狗会摇头摆尾，呜呜地乞怜。鹅则对无论何人，都是厉声呵斥；要求饲食时的叫声，也好像大爷嫌饭迟而怒骂小使一样。

鹅的步态，更是傲慢了。这在大体上也与鸭相似。但鸭的步调急速。有局促不安之相。鹅的步调从容，大模大样的，颇像平剧里的净角出场。这正是它的傲慢的性格的表现。我们走近鸡或鸭，这鸡或鸭一定让步逃走。这是表示对人惧怕。所以我们要捉住鸡或鸭，颇不容易。那鹅就不然：它傲然地站着，看见人走来简直不让；有时非但不让，竟伸过颈子来咬你一口。这表示它不怕人，看不起人。但这傲慢终归是狂妄的。我们一伸手，就可一把抓住它的项颈，而任意处置它。家畜之中，最傲人的无过于鹅。同时最容易捉住的也无过于鹅。

鹅的吃饭，常常使我们发笑。我们的鹅是吃冷饭的，一日三餐。它需要三样东西下饭：一样是水，一样是泥，一样是草。先吃一口冷饭，次吃一口水，然后再到某地方去吃一口泥及草。大约泥和草也各有各种滋味，它是依着它的胃口而选定的。这食料并不奢侈；但它的吃法，三眼一板，丝毫不苟。譬如吃了一口饭，倘水盆偶然放在远处，它一定从容不迫地踏大步走上前去，饮水一口。再踏大步走到一定的地方去吃泥，吃草。吃过泥和草再回来吃饭。这样从容不迫地吃饭，必须有一个人在旁侍候，像饭馆里的侍者一样。因为附近的狗，都知道我们这位鹅老爷的脾气，每逢它吃饭的时候，狗就躲在篱边窥伺。等它吃过一口饭，踏着方步去吃水、吃泥、吃草的当儿，狗就敏捷地跑上来，努力地吃它的饭。没有吃完，鹅老爷偶然早归，伸颈去咬狗，并且厉声叫骂，狗立刻逃往篱边，蹲着静候；看它再吃了一口饭，再走开去吃水、吃草、吃泥的时候，狗又敏捷地跑上来，这回就把它的饭吃完，扬长而去了。等到鹅再来吃饭的时候，饭罐已经空空如也。鹅便昂首大叫，似乎责备人们供养不周。这时我们便替它添饭，并且站着侍候。因为邻近狗很多，一狗方去，一狗又来蹲着窥伺了。邻近的鸡也很多，也常蹑手蹑脚地来偷鹅的饭吃。我们不胜其烦，以后便将饭罐和水盆放在一起，免得它走远去，让鸡、狗偷饭吃。然而它所必需的盛馔泥和草，所在的地点远近无定。为了找这盛馔，它仍是要走远去的。因此鹅的吃饭，非有一人侍候不可。真是架子十足的！

鹅，不拘它如何高傲，我们始终要养它，直到房子卖脱为止。因为它对我们，物质上和精神上都有贡献。使主母和主人都欢喜它。物质上的贡献，是生蛋。它每天或隔天生一个蛋，篱边特设一堆稻草，鹅蹲伏在稻草中了，便是要生蛋了。家里的小孩子更兴奋，站在它旁边等候。它分娩毕，就起身，大踏步走进屋里去，大声叫开饭。这时候孩子们把蛋热热地捡起，藏在背后拿进屋子来，说是怕鹅看见了要生气。鹅蛋真是大，有鸡蛋的四倍呢！主母的蛋篓子内积得多了，就拿来制盐蛋，炖一个盐鹅蛋，一家人吃不了！工友上街买菜回来说："今天菜市上有卖鹅蛋的，要四百元一个，我们的鹅每天挣四百元，一个月挣一万二，比我们做工的还好呢，哈哈，哈哈。"我们也陪他一个"哈哈，哈哈"。望望那鹅，它正吃饱了饭，昂胸凸肚地，在院子里跨方步，看野景，似乎更加神气活现了。但我觉得，比吃鹅蛋更好的，还是它的精神的贡献。因为我们这屋实在太简陋，环境实在太荒凉，生活实在太岑寂了。赖有这一只白鹅，点缀庭院，增加生气，慰我寂寥。

且说我这屋子，真是简陋极了：篱笆之内，地皮二十方丈，屋所占的只六方丈，其余算是庭院。这六方丈上，建着三间"抗建式"平屋，每间前后划分为二室，共得六室，每室平均一方丈。中央一间，前室特别大些，约有一方丈半弱，算是食堂兼客堂；后室就只有半方丈强，比公共汽车还小，作为家人的卧室。西边一间，平均划分为二，算是厨房及工友室。东边一间，也平均划分为二，后室也是家人的卧室，前室便是我的书房兼卧房。三年以来，我坐卧写作，都在这一方丈内。归熙甫《项脊轩记》中说："室仅方丈，可容一人居。"又说："雨泽下注，每移案，顾视无可置者。"我只有想起这些话的时候，感觉得自己满足。我的屋虽不上漏，可是墙是竹制的，单薄得很。夏天九点钟以后，东墙上炙手可热，室内好比开放了热水汀。这时候反教人希望警报，可到六七丈深的地下室去凉快一下呢。

竹篱之内的院子，薄薄的泥层下面尽是岩石，只能种些番茄、蚕豆、芭蕉之类，却不能种树木。竹篱之外，坡岩起伏，尽是荒郊。因此这小屋赤裸裸的，孤零零的，毫无依蔽；远远望来，正像一个亭子。我长年坐守其中，就好比一个亭长。这地点离街约有里许，小径迂回，不易寻找，来客极稀。杜诗"幽栖地僻经过少"一句，这屋可以受之无愧。风雨之日，泥泞载途，狗也懒得走过，环境荒凉更甚。这些日子的岑寂的滋味，至今回想还觉得可怕。

自从这小屋落成之后，我就辞绝了教职，恢复了战前的闲居生活。我对外间绝少往来，每日只是读书作画，饮酒闲谈而已。我的时间全部是我自己的，这是我的性格的要求，这在我是认为幸福的。然而这幸福必需两个条件：在太平时，在都会里。如今在抗战期，在荒村里，这幸福就伴着一种苦闷——岑寂。为避免这苦闷，我便在读书、作画之余，在院子里种豆、种菜、养鸽、养鹅。而鹅给我的印象最深。因为它有那么庞大的身体，那么雪白的颜色，那么雄壮的叫声，那么轩昂的态度，那么高傲的脾气，和那么可笑的行为。在这荒凉岑寂的环境中，这鹅竟成了一个焦点。凄风苦雨之日，手酸意倦之时，推窗一望，死气沉沉；唯有这伟大的雪白的东西，高擎着琥珀色的喙，在雨中昂然独步，好像一个武装的守卫，使得这小屋有了保障，这院子有了主宰，这环境有了生气。

我的小屋易主的前几天，我把这鹅送给住在小龙坎的朋友人家。送出之后的几天内，颇有异样的感觉。这感觉与诀别一个人的时候所发生的感觉完全相同，不过分量较为轻微而已。原来一切众生，本是同根，凡属血气，皆有共感。所以这禽鸟比这房屋更是牵惹人情，更能使人留恋。现在我写这篇短文，就好比为一个永诀的朋友立传，写照。

这鹅的旧主人姓夏名宗禹，现在与我邻居着。

## 不负人间不负己

哭的时候用全力去哭，笑的时候用全力去笑，
一切游戏都用全力去干。

群鸥

# 我与弘一法师

　　弘一法师是我学艺术的教师，又是我信宗教的导师。我的一生，受法师影响很大。厦门是法师近年经行之地，据我到此三天内所见，厦门人士受法师的影响也很大。故我与厦门人士不啻都是同窗弟兄。今天佛学会要我演讲，我惭愧修养浅薄，不能讲弘法利生的大义，只能把我从弘一法师学习艺术宗教时的旧事，向诸位同窗弟兄谈谈，还请赐我指教。

　　我十七岁入杭州浙江第一师范，廿岁①毕业以后没有升学。我受中等学校以上学校教育，只此五年。这五年间，弘一法师，那时称为李叔同先生，便是我的图画音乐教师。图画音乐两科，在现在的学校里是不很看重的；但是奇怪得很，在当时我们的那所浙江第一师范里，看得却很重。我们有两个图画专用的教室，许多石膏模型，两架钢琴，五十几架风琴。我们每天要花一小时去练习图画，花一小时以上去练习弹琴。大家认为当然，恬不为怪，这是什么缘故呢？因为李先生的人格和学问，统治了我们的感情，折服了我们的心。他从来不骂人，从来不责备人，态度谦恭，同出家后完全一样；然

---

　　① 应为二十二岁。

而个个学生真心地怕他，真心地学习他，真心地崇拜他。我便是其中之一人。因为就人格讲，他的当教师不为名利，为当教师而当教师，用全副精力去当教师。就学问讲，他博学多能，其国文比国文先生更高，其英文比英文先生更高，其历史比历史先生更高，其常识比博物先生更富，又是书法金石的专家，中国话剧的鼻祖。他不是只能教图画音乐，他是拿许多别的学问为背景而教他的图画音乐。夏丏尊先生曾经说："李先生的教师，是有后光的。"像佛菩萨那样有后光，怎不教人崇拜呢？而我的崇拜他，更甚于他人。大约是我的气质与李先生有一点相似，凡他所欢喜的，我都欢喜。我在师范学校，一、二年级都考第一名；三年级以后忽然降到第二十名。因为我旷废了许多师范生的功课，而专心于李先生所喜的文学艺术，一直到毕业。毕业后我无力升大学，借了些钱到日本去游玩，没有进学校，看了许多画展，听了许多音乐会，买了许多文艺书，一年后回国，一方面当教师，一方面埋头自习，一直自习到现在，对李先生的艺术还是迷恋不舍。李先生早已由艺术而升华到宗教而成正果，而我还彷徨在艺术宗教的十字街头，自己想想，真是一个不肖的学生。

他怎么由艺术升华到宗教呢？当时人都诧异，以为李先生受了什么刺激，忽然"遁入空门"了。我却能理解他的心，我认为他的出家是当然的。我以为人的生活，可以分作三层：一是物质生活，二是精神生活，三是灵魂生活。物质生活就是衣食。精神生活就是学术文艺。灵魂生活就是宗教。"人生"就是这样的一个三层楼。懒得（或无力）走楼梯的，就住在第一层，即把物质生活弄得很好，锦衣玉食，尊荣富贵，孝子慈孙，这样就满足了。这也是一种人生观。抱这样的人生观的人，在世间占大多数。其次，高兴（或有力）走楼梯的，就爬上二层楼去玩玩，或者久居在里头。这就是专心学术文艺的人。他们把全力贡献于学问的研究，把全心寄托于文艺的创作和欣赏。这样的人，在世间也很多，即所谓"知识分子""学者""艺术家"。还有一种人，"人生欲"很强，脚力很大，对二层楼还不满足，就再走楼梯，爬上三层楼去。这就是宗教徒了。他们做人很认真，满足了"物质欲"还不够，满足了"精神欲"还不够，必须探求人生的究竟。他们以为财产子孙都是身外之物，学术文艺都是暂时的美景，连自己的身体都是虚幻的存在。他们不肯做本能的奴隶，必须追究灵魂的来源、宇宙的根本，这才能满足他们的"人生欲"。这就是宗教徒。世间就不过这三种人。我虽用三层楼为比喻，但并非必须从第一层到第二层，然后得到第三层。有很多人，从第一层直上第三层，并不需要在第二层勾留。还有许多人连第一层也不住，一口气跑上三层楼。不过我们的弘一法师，是一层一层地走上去的。弘一法师的"人生欲"非常之强！他的做人，一定要做得彻底。他早年对母尽孝，对妻子尽爱，安住在第一层楼中。中年专心研究艺术，发挥多方面的天才，便是迁居在二层楼了。强大的"人生欲"不能使他满足于二层楼，于是爬上三层楼去，做和尚，修净土，研戒律，这是当然的事，毫不足怪的。做人好比喝酒：酒量小的，喝一杯花雕酒已经醉了，酒量大的，喝花雕嫌淡，必须喝高粱酒才能过瘾。文艺好比是花雕，宗教好比是高粱。弘一法师酒量很大，喝花雕不能过瘾，必须喝高粱。我酒量很小，只能喝

花雕，难得喝一口高粱而已。但喝花雕的人，颇能理解喝高
粱者的心。故我对于弘一法师的由艺术升华到宗教，一向认
为当然，毫不足怪的。

艺术的最高点与宗教相接近。二层楼的扶梯的最后顶点
就是三层楼，所以弘一法师由艺术升华到宗教，是必然的事。
弘一法师在闽中，留下不少的墨宝。这些墨宝，在内容上是
宗教的，在形式上是艺术的——书法。闽中人士久受弘一法
师的熏陶，大都富有宗教信仰及艺术修养。我这初次入闽的人，
看见这情形，非常歆羡，十分钦佩！

前天参拜南普陀寺，承广洽法师的指示，瞻观弘一法师
的故居及其手种杨柳，又看到他所创办的佛教养正院。广义
法师要我为养正院书联，我就集唐人诗句："须知诸相皆非
相，能使无情尽有情"，写了一副。这对联挂在弘一法师所
创办的佛教养正院里，我觉得很适当。因为上联说佛经，下
联说艺术，很可表明弘一法师由艺术升华到宗教的意义。艺
术家看见花笑，听见鸟语，举杯邀明月，开门迎白云，能把
自然当作人看，能化无情为有情，这便是"物我一体"的境
界。更进一步，便是"万法从心""诸相非相"的佛教真谛了。
故艺术的最高点与宗教相通。最高的艺术家有言："无声之
诗无一字，无形之画无一笔。"可知吟诗描画，平平仄仄，
红红绿绿，原不过是雕虫小技，艺术的皮毛而已。艺术的精神，
正是宗教的。古人云："文章一小技，于道未为尊。"又曰："太
上立德，其次立言。"弘一法师教人，亦常引用儒家语："士
先器识而后文艺。"所谓"文章""言""文艺"，便是艺术；
所谓"道""德""器识"，正是宗教的修养。宗教与艺术

的高下重轻，在此已经明示；三层楼当然在二层楼之上的。

我脚力小，不能追随弘一法师上三层楼，现在还停留在二层楼上，斤斤于一字一笔的小技，自己觉得很惭愧。但亦常常勉力爬上扶梯，向三层楼上望望。故我希望：学宗教的人，不须多花精神去学艺术的技巧，因为宗教已经包括艺术了。而学艺术的人，必须进而体会宗教的精神，其艺术方有进步。久驻闽中的高僧，我所知道的还有一位太虚法师。他是我的小同乡，从小出家的。他并没有弄艺术，是一口气跑上三层楼的。但他与弘一法师，同样地是旷世的高僧，同样地为世人所景仰。可知在世间，宗教有宗教的作用。在人的修身上，器识重于一切。太虚法师与弘一法师，异途同归，各成正果。文艺小技的能不能，在大人格上是毫不足道的。我愿与闽中人士以二法师为模范而共同勉励。

犀牛魚

# 悼夏丏尊先生

　　我从重庆郊外迁居城中，候船返沪。刚才迁到，接得夏丏尊老师逝世的消息。记得三年前，我从遵义迁重庆，临行时接得弘一法师往生的电报。我所敬爱的两位教师的最后消息，都在我行旅倥偬的时候传到。这偶然的事，在我觉得很是蹊跷。因为这两位老师同样的可敬可爱，昔年曾经给我同样宝贵的教诲；如今噩耗传来，也好比给我同样的最后训示。这使我感到分外的哀悼与警惕。

　　我早已确信夏先生是要死的，同确信任何人都要死的一样。但料不到如此其速。八年违教，快要再见，而终于不得再见！真是天实为之，谓之何哉！

　　犹忆二十六年秋，"卢沟桥事变"之际，我从南京回杭州，中途在上海下车，到梧州路去看夏先生。先生满面忧愁，说一句话，叹一口气。我因为要乘当天的夜车返杭，匆匆告别。我说："夏先生再见。"夏先生好像骂我一般愤然地答道："不晓得能不能再见！"同时又用凝注的眼光，站立在门口目送我。我回头对他发笑。因为夏先生老是善愁，而我总是笑他多忧。岂知这一次正是我们的最后一面，果然这一别"不能再见了"！

　　后来我扶老携幼，仓皇出奔，辗转长沙、桂林、宜山、遵义、重庆各地。夏先生始终住在上海。初年还常通信。自从夏先生被敌人捉去监禁了一回之后，我就不敢写信给他，免得使他受累。胜利一到，我写了一封长信给他。见他回信的笔迹依旧遒劲挺秀，我很高兴。字是精神的象征，足证夏先生精神依旧。当时以为马上可以再见了，岂知交通与生活日益困难，使我不能早归；终于在胜利后八个半月的今日，在这山城客寓中接到他的噩耗，也可说是"抱恨终天"的事！

夏先生之死，使"文坛少了一位老将""青年失了一位导师"，这些话一定有许多人说，用不着我再讲。我现在只就我们的师弟情缘上表示哀悼之情。

夏先生与李叔同先生（弘一法师），具有同样的才调，同样的胸怀。不过表面上一位做和尚，一位是居士而已。

犹忆三十余年前，我当学生的时候，李先生教我们图画、音乐，夏先生教我们国文。我觉得这三种学科同样的严肃而有兴趣。就为了他们二人同样的深解文艺的真谛，故能引人入胜。夏先生常说："李先生教图画、音乐，学生对图画、音乐看得比国文、数学等更重。这是有人格作背景的缘故。因为他教图画、音乐，而他所懂得的不仅是图画、音乐；他的诗文比国文先生的更好，他的书法比习字先生的更好，他的英文比英文先生的更好……这好比一尊佛像，有后光，故能令人敬仰。"这话也可说是"夫子自道"。夏先生初任舍监，后来教国文。但他也是博学多能，只除不弄音乐以外，其他诗文、绘画（鉴赏）、金石、书法、理学、佛典，以至外国文、科学等，他都懂得。因此能和李先生交游，因此能得学生的心悦诚服。

**198**

他当舍监的时候，学生们私下给他起个诨名，叫夏木瓜。但这并非恶意，却是好心。因为他对学生如对子女，率直开导，不用敷衍、欺蒙、压迫等手段。学生们最初觉得忠言逆耳，看见他的头大而圆，就给他起这个诨名。但后来大家都知道夏先生是真爱我们，这绰号就变成了爱称而沿用下去。凡学生有所请愿，大家都说："同夏木瓜讲，这才成功。"他听到请愿，也许暗呜叱咤地骂你一顿；但如果你的请愿合乎情理，他就当作自己的请愿，而替你设法了。

他教国文的时候，正是"五四"将近。我们做惯了"太王留别父老书""黄花主人致无肠公子书"之类的文题之后，他突然叫我们做一篇"自述"。而且说："不准讲空话，要老实写。"有一位同学，写他父亲客死他乡，他"星夜匍匐奔丧"。夏先生苦笑着问他："你那天晚上真个是在地上爬去的？"引得大家发笑，那位同学脸孔绯红。又有一位同学发牢骚，赞隐遁，说要"乐琴书以消忧，无孤松而盘桓"。夏先生厉声问他："你为什么来考师范学校？"弄得那人无言可对。

这样的教法，最初被顽固守旧的青年所反对。他们以为文章不用古典，不发牢骚，就不高雅。竟有人说："他自己不会做古文（其实做得很好），所以不许学生做。"但这样的人，毕竟是少数。多数学生，对夏先生这种从来未有的、大胆的革命主张，觉得惊奇与折服，好似长梦猛醒，恍悟今是昨非。这正是五四运动的初步。

李先生做教师，以身作则，不多讲话，使学生衷心感动，自然诚服。譬如上课，他一定先到教室，黑板上应写的，都先写好（用另一黑板遮住，用到的时候推开来）。然后端坐在讲台上等学生到齐。譬如学生还琴时弹错了，他举目对你一看，但说："下次再还。"有时他没有说，学生吃了他一眼，自己请求下次再还了。他话很少，说时总是和颜悦色的。但学生非常怕他，敬爱他。夏先生则不然，毫无矜持，有话直说。学生便嬉皮笑脸，同他亲近。偶然走过校庭，看见年纪小的学生弄狗，他也要管，"为啥同狗为难！"放假日子，学生出门，夏先生看见了便喊："早些回来，勿可吃酒啊！"学生笑着连说："不吃，不吃！"赶快走路。走得远了，夏先生还要大喊："铜钿少用些！"学生一方面笑他，一方面实在感激他，敬爱他。

夏先生与李先生对学生的态度，完全不同。而学生对他们的敬爱，则完全相同。这两位导师，如同父母一样。李先生的是"爸爸的教育"，夏先生的是"妈妈的教育"。夏先生后来翻译的《爱的教育》，风行国内，深入人心，甚至被取作国文教材。这不是偶然的事。

我师范毕业后，就赴日本。从日本回来就同夏先生共事，当教师，当编辑。我遭母丧后辞职闲居，直至逃难。但其间与书店关系仍多，常到上海与夏先生相晤。故自我离开夏先生的绛帐，直到抗战前数日的诀别，二十年间，常与夏先生接近，不断地受他的教诲。其时李先生已经做了和尚，芒鞋破钵，云游四方，和夏先生仿佛是两个世界的人。但在我觉得仍是以前的两位导师，不过所导的范围由学校扩大为人世罢了。

李先生不是"走投无路，遁入空门"的，是为了人生根本问题而做和尚的。他是真正做和尚，他是痛感于众生疾苦而"行大丈夫事"的。夏先生虽然没有做和尚，但也是完全理解李先生的胸怀的；他是赞善李先生的行大丈夫事的。只因种种尘缘的牵阻，使夏先生没有勇气行大丈夫事。夏先生一生的忧愁苦闷，由此发生。

凡熟识夏先生的人，没有一个不晓得夏先生是个多忧善愁的人。他看见世间的一切不快、不安、不真、不善、不美的状态，都要皱眉、叹气。他不但忧自家，又忧友，忧校，忧店，忧国，忧世。朋友中有人生病了，夏先生就皱着眉头替他担忧；有人失业了，夏先生又皱着眉头替他着急；有人吵架了，有人吃醉了，甚至朋友的太太要生产了，小孩子跌跤了……夏先生都要皱着眉头替他们忧愁。学校的问题，公司的问题，别人都当作例行公事处理的，夏先生却当作自家的问题，真心地担忧；国家的事，世界的事，别人当作历史小说看的，在夏先生都是切身问题，真心地忧愁，皱眉，叹气。故我和他共事的时候，对夏先生凡事都要讲得乐观些，有时竟瞒过他，免得使他增忧，他和李先生一样的痛感众生的疾苦。但他不能和李先生一样行大丈夫事；他只能忧伤终老。在"人世"这个大学校里，这二位导师所施的仍是"爸爸的教育"与"妈妈的教育"。

朋友的太太生产，小孩子跌跤等事，都要夏先生担忧。那么，八年来水深火热的上海生活，不知为夏先生增添了几十万斛的忧愁！忧能伤人，夏先生之死，是供给忧愁材料的社会所致使，日本侵略者所促成的！

以往我每逢写一篇文章，写完之后总要想："不知这篇东西夏先生看了怎么说。"因为我的写文，是在夏先生的指导鼓励之下学起来的。今天写完了这篇文章，我又本能地想："不知这篇东西夏先生看了怎么说。"两行热泪，一齐沉重地落在这原稿纸上。

# 学画回忆

　　假如有人探寻我儿时的事，为我作传记或讣启，可以为我说得极漂亮："七岁入塾即擅长丹青。课余常摹古人笔意，写人物图，以为游戏。同塾年长诸生竞欲乞得其作品而珍藏之，甚至争夺殴打。师闻其事，命出画观之，不信，谓之曰：'汝真能画，立为我作至圣先师孔子像！不成，当受罚。'某从容研墨伸纸，挥毫立就，神颖晔然。师弃戒尺于地，叹曰：'吾无以教汝矣！'遂装裱其画，悬诸塾中，命诸生朝夕礼拜焉。于是亲友竞乞其画像，所作无不惟妙惟肖。……"百年后的人读了这段记载，便会赞叹道："七岁就有作品，真是天才，神童！"

　　朋友来信要我写些关于儿时学画的回忆的话。我就根据上面的一段话写些吧。上面的话都是事实，不过欠详明些，宜解释之如下：

　　我七八岁时——到底是七岁或八岁，现在记不清楚了。但都可说，说得小了可说是照外国算法的；说得大了可说是照中国算法的。——入私塾，先读《三字经》，后来又读《千家诗》。《千家诗》每页上端有一幅木板画，记得第一幅画的是一只大象和一个人，在那里耕田，后来我知道这是

203

二十四孝中的大舜耕田图。但当时并不知道画的是什么意思，只觉得看上端的画，比读下面的"云淡风轻近午天"有趣。我家开着染坊店，我向染匠司务讨些颜料来，溶化在小盅子里，用笔蘸了为书上的单色画着色，涂一只红象，一个蓝人，一片紫地，自以为得意。但那书的纸不是道林纸，而是很薄的中国纸，颜料涂在上面的纸上，会渗透下面好几层。我的颜料笔又吸得饱，透得更深。等得着好色，翻开书来一看，下面七八页上，都有一只红象、一个蓝人和一片紫地，好像用三色版套印的。

　　第二天上书的时候，父亲——就是我的先生——就骂，几乎要打手心；被母亲不知大姐劝住了，终于没有打。我抽抽咽咽地哭了一顿，把颜料盅子藏在扶梯底下了。晚上，等到先生——就是我的父亲——上鸦片馆去了，我再向扶梯底下取出颜料盅子，叫红英——管我的女仆——到店堂里去偷几张煤头纸①来，就在扶梯底下的半桌上的"洋油手照"②底下描色彩画。画一个红人，一只蓝狗，一间紫房子……这些画的最初的鉴赏者，便是红英。后来母亲和诸姐也看到了，她们都说"好"；可是我没有给父亲看，防恐吃手心。这就叫作"七岁入塾即擅长丹青"。况且向染坊店里讨来的颜料不止丹和青呢！

　　后来，我在父亲晒书的时候找到了一部人物画谱，翻一翻，看见里面花样很多，便偷偷地取出了，藏在自己的抽斗

---

　　① 煤头纸，指卷成纸筒后用以引火的一种薄纸。
　　② "洋油手照"，作者家乡话，意即火油灯。

里。晚上，又偷偷地拿到扶梯底下的半桌上去给红英看。这回不想再在书上着色；却想照样描几幅看，但是一幅也描不像。亏得红英想工①好，教我向习字簿上撕下一张纸来，印着了描。记得最初印着描的是人物谱上的柳柳州像。当时第一次印描没有经验，笔上墨水吸得太饱，习字簿上的纸又太薄，结果描是描成了，但原本上渗透了墨水，弄得很龌龊，曾经受大姐的责骂。这本书至今还存在，最近我晒旧书时候还翻出这个弄龌龊了的柳柳州像来看：穿了很长的袍子，两臂高高地向左右伸起，仰起头作大笑状。但周身都是斑斓的墨点，便是我当日印上去的。回思我当日最初就印这幅画的原因，大概是为了他高举两臂作大笑状，好像我的父亲打呵欠的模样，所以特别有兴味吧。后来，我的"印画"的技术渐渐进步。十二三岁的时候（父亲已经弃世，我在另一私塾读书了），我已把这本人物谱统统印全。所用的纸是雪白的连史纸，而且所印的画都着色。着色所用的颜料仍旧是染坊里的，但不复用原色。我自己会配出各种的间色来，在画上施以复杂华丽的色彩，同塾的学生看了都很欢喜，大家说"比原本上的好看得多！"而且大家问我讨画，拿去贴在灶间里，当作灶君菩萨；或者贴在床前，当作新年里买的"花纸儿"。所以说我"课余常摹古人笔意，写人物花鸟之图，以为游戏。同塾年长诸生竞欲乞得其作品而珍藏之"，也都有因；不过其事实是如此。

至于学生夺画相殴打，先生请我画至圣先师孔子像，悬

———————

① 想工，作者家乡话，意即办法。

诸塾中，命诸生晨夕礼拜，也都是确凿的事实。你听我说吧：那时候我们在私塾中弄画，同在现在社会里抽鸦片一样，是不敢公开的。我好像是一个土贩或私售灯吃的，同学们好像是上了瘾的鸦片鬼，大家在暗头里作勾当。先生坐在案桌上的时候，我们的画具和画都藏好，大家一摇一摆地读"幼学"书。等到下午，照例一个大块头来拖先生出去吃茶了，我们便拿出来弄画。我先一幅幅地印出来，然后一幅幅地涂颜料。同学们便像看病时向医生挂号一样，依次认定自己所欲得的画。得画的人对我有一种报酬，但不是稿费或润笔，而是种种玩意儿：金铃子一对连纸匣；挖空老菱壳一只，可以加上绳子去当作陀螺抽的；"云"字顺治铜钱一枚（有的顺治铜钱，后面有一个字，字共有二十种。我们儿时听大人说，积得了一套，用绳编成宝剑形状，挂在床上，夜间一切鬼都不敢来。但其中，好像是"云"字，最不易得；往往为缺少此一字而编不成宝剑。故这种铜钱在当时的我们之间是一种贵重的赠品），或者铜管子（就是当时炮船上新用的后膛枪子弹的壳）一个。有一次，两个同学为交换一张画，意见冲突，相打起来，被先生知道了。先生审问之下，知道相打的原因是为画；追求画的来源，知道是我所作，便厉声喊我走过去。我料想是吃戒尺了，低着头不睬，但觉得手心里火热了。终于先生走过来了。我已吓得魂不附体；但他走到我的座位旁边，并不拉我的手，却问我"这画是不是你画的？"我回答一个"是"字，预备吃戒尺了。他把我的身体拉开，抽开我的抽斗，搜查起来。我的画谱、颜料，以及印好而未着色的画，就都被他搜出。我以为这些东西全被没收了：结果不然，他但把画谱拿了去，

坐在自己的椅子上一张一张地观赏起来。过了好一会，先生
旋转头来叱一声"读！"大家朗朗地读"混沌初开，乾坤始
奠……"这件案子便停顿了。我偷眼看先生，见他把画谱一
张一张地翻下去，一直翻到底。放假<sup>①</sup>的时候我夹了书包走到
他面前去作一个揖，他换了一种与前不同的语气对我说："这
书明天给你。"

　　明天早上我到塾，先生翻出画谱中的孔子像，对我说："你
能看了样画一个大的吗？"我没有防到先生也会要我画起画
来，有些"受宠若惊"的感觉，支吾地回答说"能"。其实
我向来只是"印"，不能"放大"。这个"能"字是被先生
的威严吓出来的。说出之后心头发一阵闷，好像一块大石头
吞在肚里了。先生继续说："我去买张纸来，你给我放大了
画一张，也要着色彩的。"我只得说"好"。同学们看见先
生要我画画了，大家装出惊奇和羡慕的脸色，对着我看。我
却带着一肚皮心事，直到放假。

　　放假时我夹了书包和先生交给我的一张纸回家，便去向
大姐商量。大姐教我，用一张画方格子的纸，套在画谱的书
页中间。画谱纸很薄，孔子像就有经纬格子范围着了。大姐
又拿缝纫用的尺和粉线袋给我在先生交给我的大纸上弹了大
方格子，然后向镜箱中取出她画眉毛用的柳条枝来，烧一烧焦，
教我依方格子放大的画法。那时候我们家里还没有铅笔和三
角板、米突〔米（metre）〕尺，我现在回想大姐所教我的画
法，其聪明实在值得佩服。我依照她的指导，竟用柳条枝把

_____

　　① 放假，指放学。

一个孔子像的底稿描成了；同画谱上的完全一样，不过大得多，同我自己的身体差不多大。我伴着了热烈的兴味，用毛笔钩出线条；又用大盆子调了多量的颜料，着上色彩，一个鲜明华丽而伟大的孔子像就出现在纸上。店里的伙计，作坊里的司务，看见了这幅孔子像，大家说"出色！"还有几个老妈子，尤加热烈地称赞我的"聪明"和画的"齐整"①，并且说："将来哥儿给我画个容像，死了挂在灵前，也沾些风光。"我在许多伙计、司务和老妈子的盛称声中，俨然地成了一个小画家。但听到老妈子要托我画容像，心中却有些儿着慌。我原来只会"依样画葫芦"的！全靠那格子放大的枪花②，把书上的小画改成为我的"大作"；又全靠那颜色的文饰，使书上的线描一变而为我的"丹青"。格子放大是大姐教我的，颜料是染匠司务给我的，归到我自己名下的工作，仍旧只有"依样画葫芦"。如今老妈子要我画容像，说"不会画"有伤体面；说"会画"将来如何兑现？且置之不答，先把画缴给先生去。先生看了点头。次日画就粘贴在堂名匾下的板壁上。学生们每天早上到塾，两手捧着书包向它拜一下；晚上散学，再向它拜一下。我也如此。

自从我的"大作"在塾中的堂前发表以后，同学们就给我一个绰号"画家"。每天来访先生的那个大块头看了画，点点头对先生说："可以。"这时候学校初兴，先生忽然要把我们的私塾大加改良了。他买一架风琴来，自己先练习几

---

① "齐整"，作者家乡话，意即漂亮。
② 江南一带方言中有"掉枪花"的说法，意即"耍手段"。

天，然后教我们唱"男儿第一志气高，年纪不妨小"的歌。又请一个朋友来教我们学体操。我们都很高兴。有一天，先生呼我走过去，拿出一本书和一大块黄布来，和蔼地对我说："你给我在黄布上画一条龙，"又翻开书来，继续说："照这条龙一样。"原来这是体操时用的国旗。我接受了这命令，只得又去向大姐商量；再用老法子把龙放大，然后描线，涂色。但这回的颜料不是从染坊店里拿来，是由先生买来的铅粉、牛皮胶和红、黄、蓝各种颜色。我把牛皮胶煮溶了，加入铅粉，调制各种不透明的颜料，涂到黄布上，同西洋中世纪的fresco（壁画）画法相似。龙旗画成了，就被高高地张在竹竿上，引导学生通过市镇，到野外去体操。我悔不在体操后偷把那龙旗藏过了，好让我的传记里添两句："其画龙点睛后忽不见，盖已乘云上天矣。"我的"画家"绰号自此更盛行；而老妈子的画像也催促得更紧了。

我再向大姐商量。她说二姐丈会画肖像，叫我到他家去"偷关子"。我到二姐丈家，果然看见他们有种种特别的画具：玻璃九宫格、擦笔、conté①、米突尺、三角板。我向二姐丈请教了些笔法，借了些画具，又借了一包照片来，作为练习的样本。因为那时我们家乡地方没有照相馆，我家里没有可用玻璃格子放大的四寸半身照片。回家以后，我每天一放学就埋头在擦笔照相画中。这原是为了老妈子的要求而"抱佛脚"的；可是她没有照相，只有一个人。我的玻璃格子不能罩到她的脸孔上去，没有办法给她画像。天下事会巧妙地解决的。

---

① 即木炭铅笔。

大姐在我借来的一包样本中选出某老妇人的一张照片来，说："把这个人的下巴改尖些，就活像我们的老妈子了。"我依计而行，果然画了一幅八九分像的肖像画，外加在擦笔上面涂以漂亮的淡彩：粉红色的肌肉，翠蓝色的上衣，花带镶边；耳朵上外加挂上一双金黄色的珠耳环。老妈子看见珠耳环，心花盛开，即使完全不像，也说"像"了。自此以后，亲戚家死了人我就有差使——画容像。活着的亲戚也拿一张小照来叫我放大，挂在厢房里；预备将来可现成地移挂在灵前。我十七岁出外求学，年假、暑假回家时还常常接受这种义务生意。直到我十九岁时，从先生学了木炭写生画，读了美术的论著，方才把此业抛弃。到现在，在故乡的几位老伯伯和老太太之间，我的擦笔肖像画家的名誉依旧健在；不过他们大都以为我近来"不肯"画了，不再来请教我。前年还有一位老太太把她的新死了的丈夫的四寸照片寄到我上海的寓所来，哀求地托我写照。此道我久已生疏，早已没有画具，况且又没有时间和兴味。但无法对她说明，就把照片送到霞飞路的某照相馆里，托他们放大为廿四寸的，寄了去。后遂无问津者。

假如我早得学木炭写生画，早得受美术论著的指导，我的学画不会走这条崎岖的小径。唉，可笑的回忆，可耻的回忆，写在这里，给世间学画的人作借镜吧。

一九三四年二月作

窗前好鳥似嬌兒

遠
征

# 自然

"美"都是"神"的手所造的。假手于"神"而造美的，是艺术家。

路上的褴褛的乞丐，身上全无一点人造的装饰，然而比时装美女美得多。这里的火车站旁边有一个伛偻的老丐，天天在那里向行人求乞。我每次下了火车之后，迎面就看见一幅米叶（Millet）的木炭画，充满着哀怨之情。我每次给他几个铜板——又买得一幅充满着感谢之情的画。

女性们煞费苦心于自己的身体的装饰。头发烫也不惜，胸臂冻也不妨，脚尖痛也不怕。然而真的女性的美，全不在乎她们所苦心经营的装饰上。我们反在她们所不注意的地方发现她们的美。不但如此，她们所苦心经营的装饰，反而妨碍了她们的真的女性的美。所以画家不许她们加上这种人造的装饰，要剥光她们的衣服，而赤裸裸地描写"神"的作品。

画室里的模特儿虽然已经除去一切人造的装饰，剥光了衣服；然而她们倘然受了画学生的指使，或出于自心的用意，而装腔作势，想用人力硬装出好看的姿态来，往往越装越不自然，而所描的绘画越无生趣。印象派以来，裸体写生的画风盛于欧洲，普及于世界。使人走进绘画展览中，如入浴堂或屠场,满目是肉。然而用印象派的写生的方法来描出的裸体,极少有自然的、美的姿态。自然的美的姿态,在模特儿上台的时候是不会有的;只有在其休息的时候,那女子在台旁的绒毡上任意卧坐,自由活动的时候,方才可以见到美妙的姿态,这大概是世间一切美术学生所同感的情形吧。因为在休息的时候,不复受人为的拘束,可以任其自然的要求而活动。"任天而动",就有"神"所造的美妙的姿态出现了。

人在照相中的姿态都不自然,也就是为此。普通照相中的人物,都装着在舞台上演剧的优伶的神气,或南面而朝的王者的神气,或庙里的菩萨像的神气,又好像正在摆步位的拳教师的神气。因为普通人坐在照相镜头前面被照的时间,往往起一种复杂的心理,以致手足无措,坐立不安,全身紧张得很,故其姿态极不自然。加之照相者又要命令他:"头抬高点!""眼睛看着!""带点笑容!"内面已在紧张,外面又要听照相者的忠告,而把头抬高,把眼钉住,把嘴勉强笑出,这是何等困难而又滑稽的办法!怎样教底片上显得出美好的姿态呢?我近来正在学习照相,因为嫌恶这一点,想规定不照人物的肖像,而专照风景与静物,即神的手所造的自然,及人借了神的手而布置的静物。

人体的美的姿态,必是出于自然的。换言之,凡美的姿态,都是从物理的自然的要求而出的姿态,即舒服的时候的姿态。这一点屡次引起我非常的铭感。无论贫贱之人、丑陋之人、劳动者、黄包车夫,只要是顺其自然的天性而动,都是美的姿态的所有者,都可以礼赞。甚至对于生活的幸福全然无分的,第四阶级以下的乞丐,这一点也决不被剥夺,与富贵之人平等。不，乞丐所有的姿态的美，屡比富贵之人丰富得多。试入所谓上流的交际社会中，看那班所谓"绅士"，所谓"人物"的样子，点头、拱手、揖让、进退等种种不自然的举动，以及脸的外皮上硬装出来的笑容，敷衍应酬的不由衷的言语，实在滑稽得可笑，我每觉得这种是演剧，不是人的生活。过这样的生活，宁愿做乞丐。

被造物只要顺天而动，即见其真相，亦即见其固有的美。我往往在人的不注意、不戒备的时候，瞥见其人的真而美的姿态。但倘对他熟视或声明了，这人就注意、戒备起来，美的姿态也就杳然了。从前我习画的时候，有一天发现一个朋友的 pose（姿态）很好，要求他让我画一张 sketch（速写），他限我明天。到了明天，他剃了头，换了一套新衣，挺直了项颈危坐在椅子里，教我来画……这等人都不足与言美。我只有和我的朋友老黄，能互相赏识其姿态，我们常常相对坐谈到半夜。老黄是画画的人，他常常嫌模特儿的姿态不自然，与我所见相同。他走进我的室内的时候，我倘觉得自己的姿势可观，就不起来应酬，依旧保住我的原状，让他先鉴赏一下。他一相之后，就会批评我的手如何，脚如何，全体如何。然后我们吸烟煮茶，晤谈别的事体。晤谈之中，我忽然在他的动作中发现了一个好的 pose，"不动！"他立刻石化，同画室里的石膏模型一样。我就欣赏或描写他的姿态。

不但人体的姿态如此，物的布置也逃不出这自然之律。凡静物的美的布置，必是出于自然的。换言之，即顺当的、妥帖的、安定的。取最卑近的例来说：假如桌上有一把茶壶与一只茶杯。倘这茶壶的嘴不向着茶杯而反向他侧，即茶杯放在茶壶的后面，犹之孩子躲在母亲的背后，谁也觉得这是不顺当的、不妥帖的、不安定的。同时把这画成一幅静物画，其章法（即构图）一定也不好。美学上所谓"多样的统一"，就是说多样的事物，合于自然之律而作成统一，是美的状态。譬如讲坛的桌子上要放一个花瓶。花瓶放在桌子的正中，太缺乏变化，即统一而不多样。欲其多样，宜稍偏于桌子的一端。但倘过偏而接近于桌子的边上，看去也不顺当、不妥帖、不安定。同时在美学上也就是多样而不统一。大约放在桌子的三等分的界线左右，恰到好处，即得多样而又统一的状态。同时在实际也是最自然而稳妥的位置。这时候花瓶左右所余的桌子的长短，大约是三与五，至四与六的比例。这就是美学上所谓"黄金比例"。黄金比例在美学上是可贵的，同时在实际上也是得用的。所以物理学的"均衡"与美学的"均衡"颇有相一致的地方。右手携重物时左手必须扬起，以保住身体的物理的均衡。这姿势在绘画上也是均衡的。兵队中"稍息"的时候，身体的重量全部搁在左腿上，右腿不得不斜出一步，以保住物理的均衡。这姿势在雕刻上也是均衡的。

故所谓"多样的统一""黄金律""均衡"等美的法则，都不外乎"自然"之理，都不过是人们窥察神的意旨而得的定律。所以论文学的人说，"文章本天成，妙手偶得之"；论绘画的人说，"天机勃露，独得于笔情墨趣之外"。"美"都是"神"的手所造的，假手于"神"而造美的，是艺术家。

# 图画成绩

寒假迫近了,教务处送一张油印纸来,要我报告图画分数,并选交几幅画,作为图画课的成绩。

可是我教图画,向来不打分数。老实说,除了看到这张油印纸的时候以外,我的脑际从来不曾有过"分数"两个字。画也并没有保留,都任学生自己拿去了。图画课的成绩,实在无可报告,奈何!

倘使教务处能容许我不用分数和画幅来报告图画成绩,我倒可以报告一点。这便是我前天晚上散步中所看见的一回事。

前天晚上,月色好得很,使我偷闲来校庭中散步了。偶然走到杨柳树旁边,看见廊下的柳影中有三五个学生,弯着身子,把头在教务室外的壁上聚作一堆,静悄悄地似乎在偷听壁脚。

"他们在窃听教务室中的秘密会议吗?"我心中这样想着,慢慢地走近他们去。仔细一看,方知不对。他们并非听壁脚,正拿一张纸罩在壁上,用铅笔在描写投在壁上的柳叶的影。原来这晚上月明风定,疏疏的衰柳的叶子投射清楚的黑影在淡黄色的墙壁上,成为可爱的模样。这牵惹了这几个学生的兴味，使他们特地拿了纸张和铅笔，到这里来描写。

"啊！绝妙的墨画！"我这一声叫打扰了他们的创作。然而这正是对于他们的创作的鉴赏。所以他们见了我，都很兴奋，热心地向我赞美这月下的美丽的柳影。又很欢喜，因为他们这尝试的行为遇到了知音的赏识。

这一件事，便是我所可报的图画成绩。

恐怕教务先生不容许我。他们以为这是玩耍，不能算是成绩，要有可计算的分数，可悬挂的画，这才是图画成绩。又恐怕有几个巴急分数的学生，欢喜荣名的学生，也要说我不公平。他们也以为这是玩耍，与图画课有什么关系呢？

然而我知道，欢喜读《中学生》的——欢喜读我的《美术讲话》的诸君，一定容许我，承认我的报告。因为这件事，比分数，比成绩，实在有趣味得多，有意义得多。倘有不解这种趣味而欢喜分数与成绩的人，我可以略略解说一下：

杨柳的叶，我们倘平心静气地、仔细地观察起来，实在是非常秀美的。古人的诗里，惯说"柳如眉"，用柳叶来比方美人的眉毛。其实眉毛哪里比得上柳叶？不过眉毛的弯度与肥瘦，大约像柳叶而已，但决不如柳叶的变化的丰富。且眉毛两旁的线很模糊，决不如柳叶的线的玲珑而清秀。诸君试拿铅笔，在纸上画一片柳叶看。倘是没有学过图画，不曾仔细观察过自然的人，一定画不好，校庭内多千多万的柳叶，我们却画不出它的一瓣！可见自然界的美何等丰富，何等深刻！我们安可不平心静气地亲近自然，观察自然，以自然为师呢？

写生画，便是自然美的研究。我们要把自然的美的形象表现在图画纸上，要把立体的自然化成平面的图画。发现了自然的美而静心地描写的时候，我们的兴味何等深长！感得了这种兴味，便会入梦一般地上图画课，便会埋怨下课铃的太早。这真是最有趣味的、最有意义的课业！

美秀的柳叶，在月光下投影在淡黄色的墙壁上，这是何等可爱的一幅天然的图画！只有真正观察过自然美的人，才能发现这趣味。只有真正学过图画的人，才能拿了铅笔和纸张而来描写这墙上的影子。不然，柳叶也不会牵惹他的注目，何况影子？上图画课都懒得，何况辛辛苦苦地伏在墙角上描影？况且描了这影，又没有分数可得，又没有风头可出。所以除了真正学过图画的人以外，不会有人肯做这种发疯的事业的。

然而不学图画的人都苦了！都错了！

因为他们的眼中心中，只看见分数，只知道荣誉。像描影的那几个学生所体验的欢喜、感动、慰安、憧憬，在他们都无分：艺术的乐土，美的世界，人生的情味，宇宙的姿态，在他们都不能梦见。而他们所触目萦心的，都是苦痛的东西。为了争分数、求荣誉，他们要做无谓的奋斗，甚或陷入嫉妒、愤恨、浅陋、卑鄙等恶习。他们面子上在画图画，其实与图画相去不止千里；面子上在读书，其实一句书也没有读。他们是学校里的商人或官僚。因为他们的争分数犹之商人的争利，他们的争荣誉犹之官僚的争名。分数与荣誉是目的，读书是手段。达到了目的，手段就变作无用之物。所以他们的读书，全是徒劳！

学生诸君，第一要知道为学问而用功，为人生而求学。

分数这样东西，是学校为欲勉励学生用功而设，本来是有益的事；但学生倘为分数所迷，它就对你有害了。学校里的分数，其作用可比方社会上的金钱。金钱可以督策人的工作，可以奖励人的勤勉。于是社会上的事业，赖以进步了，发达了。然而世界上的人心不良，到后来渐渐忘却了设金钱的本意，而误认金钱为最后的目的。于是不顾事业进步发达与否，而唯利是图了。这便成了今日的社会状况。试看现今市上发卖的工业品、日用品，往往面子上装得好看，而内部的质料与工作完全轻薄潦草，甚至不堪使用。我每每看见这类的货品，觉得这是人情硗薄的象征，不胜惋惜。这便是为了那些工人只知要钱，而完全忘却了其事业与工作的缘故。他们做出那些不堪使用的劣货来骗钱，骗到了钱，更不问自己的事业。因此社会就不能发达，人生的幸福就不能增进，于是有人咒诅金钱的万恶了。学校中只知巴急分数的学生，正同那些工人一样。他们只知要分数，而完全忘却了学业。于是考试的时候有要求范围、抄脚带、做枪手等种种恶习，实无异于那种劣货。他们用这种劣货来骗分数，骗到了分数，更不问自己的学问。因此学校就不发达，学生的学业也不能进步，于是有人诅咒分数的万恶了。

至于荣誉，本来也不是不好的东西。但学生诸君应该知道，荣誉是实质的副产物。实质进步了，荣誉与之俱来；但不可离实质而单求荣誉，亦不可专为荣誉而励实质。图画进步了，作品被选入展览会了，赞赏自然也来了。但是我们学图画，岂为博得这点赞赏？我们自有像前面所说的更深的欢喜，更大的感动。某学校有预备展览会的办法，在开会前几天，教学生们为了展览会而拼命描画，这真是何等可笑的事！这样办起来的展览会，无论其作品何等精美，何等丰富，我不愿入场参观。我宁愿看那几个学生伏在壁脚上描柳叶的影。

金钱本来是有利于人生而可喜的，但守钱虏反被金钱所役使，而只觉得痛苦。名誉本来是有益于事业而可乐的，但名场客反被荣誉所迷惑，而只觉得不满。同理，分数与成绩可以奖励勤勉，促进学业，本来是正当而可贵的，但迷于分数与成绩的人，舍本逐末，就都错误而痛苦了。这种人的心，无异于守钱虏与名场客，实在不应该住在学校里，更不应该住在图画教室里。因为学校是修养生活的地方，不必有名缰利锁；图画教室是观照生活的地方，用不着功利计较。所以这班人来入学校，实在是走错了路。无论他修业了十年，结果是毫无所得而空手回去的。

据我的见闻，争分数的学生，并非全由于他的本性，大半是环境所使然的，因为他们不幸而入了校风不良的学校，那里的学生大家都计较分数，先生也动辄拿分数来威吓学生。故虽有真心好学、明知分数的空虚的人，读了我上面的话觉得可以首肯，但大众的榜样与习惯的压迫，终于使他同化而屈服，这也是很多的情形。然而我仍要责备每个人的自身。他们的胸襟太偏狭，胆量太薄弱。说得时髦一点，革命的精神太缺乏了。你们每天在受党化的教育，每周在读总理的遗嘱，为什么不能体得总理在大众屈服于满清帝制之下的时候独呼革命的精神呢？孙中山先生在当时的确受苦；但在现在何等光荣，每周在受万万学生的鞠躬呢！假如你们要追求光荣，请追求这种大光荣，万勿贪恋眼前的小光荣！真理是不会失败的。即使目前不利，时间终于能给它公正的判断。据我的见闻，在学校里分数独多、名次独高的人，毕业后不一定是人才；而虚怀静心地埋头在真正的研究生活中的人，无论在学校里，在社会上，都可钦佩，世界是全赖他们而进步的。

我所以赞美伏在墙脚上描影的几个学生，正为了钦佩他们的能不为荣利，而虚怀静心地埋头在真正的研究生活中。这几个人也许不是那样完全优良的学生，但至少这一点心是可以赞美的。使他们这一点心推广起来，应用于其他一切的学业上，应用于其一生的事业上，就可说是教育的效果，艺术教育的效果。所以我觉得这不是玩耍，这是比分数与画卷更加可贵的图画成绩。

然而我又有一种表面很相似而其实很可抱歉的成绩，也不得不在这里报告。这便是我前天在自修室的走廊里所看见的一回事。

我偶然走过自修室门口，望见里面有一个学生正在用图画纸罩在窗玻璃上，拿铅笔在纸上描画，姿态和那晚上所见的描影的人完全一样。可是我立停了脚，仔细看时，方知他是在印别人的画，因为图画纸太厚，放在桌上印不出来，他就想出了这个聪明的方法，把纸罩在透明的窗玻璃上印写。这办法，为求成绩计，的确是事半功倍的捷径；但为学业计，为艺术计，为人生的修养计，其损失为何如？这是学业上的一种舞弊，学问上的一种盗窃。又不幸而被我所看见。

教务先生如果欢喜有确实可计的分数，精致可挂的画卷，这窗玻璃上的作品便是最优等的成绩了。因为那办法可以容易地获得很多的分数，制成很精致的画卷。故欢喜这种成绩，不啻奖励这种行为!

我说了许多牢骚的话,实在污渎了聪明的读者的清听!幸而临末还有一段话,可供欣赏:

我们的学校中,教室的玻璃窗新加了油漆。因为教室中的外边是走廊,上课的时候行人在走廊中来往容易妨碍听讲者的注意,所以用白油漆把窗玻璃涂掩了。恐怕是天气干燥的缘故,或那些油漆的性质的缘故,过了几天之后,那些油漆都发生龟裂,使每块窗玻璃都像一幅河流复杂的地图了。我最初看见的时候,以为是哪个学生用指爪刮出来的,心中还怪他们太不爱护校具;仔细一看,原来每块都如此,而且那裂痕的线十分美丽而统一,绝不是学生的手所能画,不,就是世间最大的图案家,也一定不容易画出。我就像孔子进了明堂,在那些窗玻璃前徘徊不忍遽去了。"啊!自然美的伟大!人安可不以自然为师?那天晚上所见的柳叶的影是绝妙的墨画;现在这是绝妙的图案!"我心中这样想,仔细鉴赏那些曲线。事务先生在我背后走来了,他看见我在注视那窗玻璃上的油漆的裂痕,就抱歉似的对我说道:

"那漆匠真可恶!成什么样子?明天喊他来重做!"他这话,把正在逍遥于那个很远的世界中的我呼了回来,我立刻回到这实际的世界上,重新把那窗玻璃当作学校的事务工作之一而观看一下,然后应答他:

"呃,龟裂了。天气太燥吗?看倒很好看。"

事务先生笑着,接近去凝视一下,也说道:

"呃,看倒很好看。"

我们彼此点一点头,分手了。

鳳立外樹

# 艺术三昧

　　有一次我看到吴昌硕写的一方字。觉得单看各笔画，并不好；单看各个字，各行字，也并不好。然而看这方字的全体，就觉得有一种说不出的好处。单看时觉得不好的地方，全体看时都变好，非此反不美了。

　　原来艺术品的这幅字，不是笔笔、字字、行行的集合，而是一个融合不可分解的全体。各笔各字各行，对于全体都是有机的，即为全体的一员。字的或大或小，或偏或正，或肥或瘦，或浓或淡，或刚或柔，都是全体构成上的必要，绝不是偶然的。即都是为全体而然，不是为个体自己而然的。于是我想象：假如有绝对完善的艺术品的字，必在任何一字或一笔里已经表出全体的倾向。如果把任何一字或一笔改变一个样子，全体也非统统改变不可；又如把任何一字或一笔除去，全体就不成立。换言之，在一笔中已经表出全体，在一笔中可以看出全体，而全体只是一个个体。

　　所以单看一笔、一字或一行，自然不行。这是伟大的艺术的特点。在绘画也是如此。中国画论中所谓"气韵生动"，就是这个意思。西洋印象画派的持论："以前的西洋画都只是集许多幅小画而成一幅大画，毫无生气。艺术的绘画，非画面浑然融合不可。"在这点上想来，印象派的创生确是西洋绘画的进步。

这是一个不可思议的艺术的三昧境。在一点里可以窥见全体，而在全体中只见一个体。所谓"一有多种，二无两般"（《碧岩录》），就是这个意思吧！这道理看似矛盾又玄妙，其实是艺术的一般的特色，美学上的所谓"多样的统一"，很可明了地解释。其意义：譬如有三只苹果，水果摊上的人把它们规则地并列起来，就是"统一"。只有统一是板滞的，是死的。小孩子把它们触乱，东西滚开，就是"多样"。只有多样是散漫的，是乱的。最后来了一个画家，要写生它们，给它们安排成一个可以入画的美的位置——两个靠拢在后方一边，余一个稍离开在前方——望去恰好的时候，就是所谓"多样的统一"，是美的。要统一，又要多样；要规则，又要不规则；要不规则的规则，规则的不规则；要一中有多；多中有一。这是艺术的三昧境！

宇宙是一大艺术。人何以只知鉴赏书画的小艺术，而不知鉴赏宇宙的大艺术呢？人何以不拿看书画的眼来看宇宙呢？如果拿看书画的眼来看宇宙，必可发现更大的三昧境。宇宙是一个浑然融合的全体，万象都是这全体的多样而统一的诸相。在万象的一点中，必可窥见宇宙的全体；而森罗的万象，只是一个个体。勃雷克的"一粒沙里见世界"，孟子的"万物皆备于我"，就是当作一大艺术而看宇宙的吧！艺术的字画中，没有可以独立存在的一笔。即宇宙间没有可以独立存在的事物。倘不为全体，各个体尽是虚幻而无意义了。那么这个"我"怎样呢？自然不是独立存在的小我，应该融入于宇宙全体的大我中，以造成这一大艺术。

# 手指

　　已故日本艺术论者上田敏的艺术论中，曾经说过这样的话："五根手指中，无名指最美。初听这话不易相信，手指头有什么美丑呢？但仔细观察一下，就可看见无名指在五指中，形状最为秀美。……"大意如此，原文已不记得了。

　　我从前读到他这一段话时，觉得很有兴趣。这位艺术论者的感觉真锐敏，趣味真丰富！五根手指也要细细观察而加以美术的批评。但也只对他的感觉与趣味发生兴味，却未能同情于他的无名指最美说。当时我也为此伸出自己的手来仔细看了一会儿。不知是我的视觉生得不好，还是我的手指生得不好之故，始终看不出无名指的美处。注视了长久，反而觉得恶心起来：那些手指都好像某种蛇虫，而无名指尤其蜿蜒可怕。假如我的视觉与手指没有毛病，上田氏所谓最美，大概就是指这一点吧？

　　这会儿我偶然看看自己的手，想起了上田氏的话。我知道了上田氏的所谓"美"是唯美的美。借他们的国语说，是 onnarashii（女相的）的美，不是 otokorashii（男相的）的美。在绘画上说，这是"拉费尔前派"（PreRaphaelists）一流的优美，不是赛尚痕（Cézanne）以后的健美。在美术潮流上说，这是世纪末的颓废的美，不是新时代感觉的力强的美。

但我仍是佩服上田先生的感觉的锐敏与趣味的丰富，因为他这句话指示了我对于手指的鉴赏。我们除残废者外，大家随时随地随身带着十根手指，永不离身，也可谓相亲相近了；然而难得有人鉴赏它们，批评它们。这也不能不说是一种疏忽！仔细鉴赏起来，一只手上的五根手指，实在各有不同的姿态，各具不同的性格。现在我想为它们逐一写照：大指在五指中，是形状最难看的一人。他自惭形秽，常常退居下方，不与其他四者同列。他的身体矮而胖，他的头大而肥，他的构造简单，人家都有两个关节，他只有一个。因此他的姿态丑陋、粗俗、愚蠢而野蛮，有时看了可怕。记得我小时候，我乡有一个捉狗屎的疯子，名叫顾德金的，看见了我们小孩子，便举起手来，捏一个拳，把大指矗立在上面，而向我们弯动大指的关节。这好像一支手枪正要向我们射发，又好像一件怪物正在向我们点头，我们见了最害怕，立刻逃回家中，依在母亲身旁。屡屡如此，后来母亲就利用"顾德金来了"一句话来作为阻止我们恶戏的法宝了。为有这一段故事，我现在看了大指的姿态愈觉可怕。但不论姿态，想想他的生活看，实在不可怕而可敬。他在五指中是工作最吃苦的工人。凡是享乐的生活，都由别人去做，轮不着他。例如吃香烟，总由中指食指持烟，他只得伏在里面摸摸香烟屁股；又如拉胡琴，总由其他四指按弦，却叫他相帮扶住琴身；又如弹风琴弹洋琴，在十八世纪以前也只用其他四指；后来德国音乐家巴哈（Sebastian

Bach①)总算提拔他，请他也来弹琴；然而按键的机会他总比别人少。又凡是讨好的生活，也都由别人去做，轮不着他。例如招呼人都由其他四人上前点头，他只得呆呆地站在一旁；又如搔痒，也由其他四人上前卖力，他只得退在后面。反之，凡是遇着吃力的工作，其他四人就都退避，让他上前去应付。例如水要喷出来，叫他死力抵住；血要流出来；叫他拼命捺住；重东西要翻倒去，叫他用劲扳住；要吃果物了，叫他细细剥皮；要读书了，叫他翻书页；要进门了，叫他揿电铃；天黑了，叫他开电灯；医生打针的时候还要叫他用力把药水注射到血管里去。种种苦工都归他做，他决不辞劳。其他四人除了享乐的讨好的事用他不着外，稍微吃力一点的生活就都要他帮忙，他的地位恰好站在他们的对面，对无论哪个都肯帮忙。他人没有了他的助力，事业都不成功。在这点上看来，他又是五指中最重要、最力强的分子。位列第一而名之曰"大"，曰"巨"，曰"拇"，诚属无愧。日本人称此指曰"亲指"（coyayubi），又用为"丈夫"的记号；英国人称"受人节制"曰 underone's thumb。其重要与力强于此尽可想见。用人群作比，我想把大拇指比方农人。

难看、吃苦、重要、力强，都比大拇指稍差，而最常与大拇指合作的，是食指。这根手指在形式上虽与中指、无名指、小指这三个有闲阶级同列，地位看似比劳苦阶级的大拇指高得多，其实他的生活介乎两阶级之间，比大拇指舒服得有限，比其他三指吃力得多！这在他的姿态上就可看出。除

---

① 现译为"塞巴斯蒂安·巴赫"。

了大拇指以外，他最苍老，头团团的，皮肤硬硬的，指爪厚厚的，周身的姿态远不及其他三指的窈窕，都是直直落落的强硬的曲线。有的食指两旁简直成了直线而且从头至尾一样粗细，犹似一段香肠。因为他实在是个劳动者。他的工作虽不比大拇指的吃力，却比大拇指的复杂。拿笔的时候，全靠他推动笔杆，拇指扶着，中指衬着，写出种种复杂的字来，取物的时候，他出力最多，拇指来助，中指等难得来衬。遇到龌龊的，危险的事，都要他独个人上前去试探或冒险。秽物、毒物、烈物，他接触的机会最多；刀伤、烫伤、轧伤、咬伤，他消受的机会最多。难怪他的形骸要苍老了。他的气力虽不及大拇指那么强，然而他具有大拇指所没有的"机敏"。故各种重要工作都少他不得。指挥方向必须请他，打自动电话必须请他，扳枪机也必须请他。此外打算盘、捻螺旋、解纽扣等，虽有大拇指相助，终是要他主干的。总之，手的动作，差不多少他不来，凡事必须请他上前做主。故英人称此指为fore finger，又称之为 index。我想把食指比方工人。

五指中地位最优，相貌最堂皇的，无如中指。他住在中央，左右都有屏藩。他的身体最高,在形式上是众指中的首领人物。他的两个贴身左右无名指与食指，大小长短均仿佛好像关公左右的关平与周仓，一文一武，片刻不离地护卫着。他的身体夹在这两人中间，永远不受外物冲撞，故皮肤秀嫩，颜色红润，曲线优美，处处显示着养尊处优的幸福，名义又最好听，大家称他为"中"，日本人更敬重他，又尊称之为"高高指"（ taka taka yubi ）。但讲到能力，他其实是徒有其形，徒美其名，徒尸其位，而很少用处的人。每逢做事，名义上他总是参加的，实际上他总不出力，譬如攫取一物，他因为身体最长，往往最先碰到物，好像取得这物是他一人的功劳。其实，他一碰到之后就退在一旁，让大拇指和食指这两个人去出力搬运，他只在旁略为扶衬而已。又如推却一物，他因为身体最长，往往与物最先接触，好像推却这物是他一人的功劳。其实，他一接触之后就退在一旁，让大拇指和食指这两个人去出力推开，他只在旁略为助热而已。《左传》"阖庐伤将指"句下注云："将指，足大指也。言其将领诸指。足之用力大指居多。手之取物中指为长。故足以大指为将，手以中指为将。"可见中指在众手指中，好比兵士中的一个将官，令兵士们上前杀战，而自己退在后面。名义上他也参加战争，实际他不必出力。我想把中指比方官吏。

无名指和小指，真的两个宝贝！姿态的优美无过于他们。前者的优美是女性的，后者的优美是儿童的。他们的皮肤都很白嫩，体态都很秀丽。样子都很可爱。然而，能力的薄弱也无过于他们了。无名指本身的用处，只有研脂粉，蘸药末，戴指戒。日本人称他为"红差指"（benisashi yubi），是说研磨胭脂用的指头。又称他为"药指"（kusuri yubi），就是说有时靠他研研药末，或者蘸些药末来敷在患处。英国人称他为 ringfinger，就是为他爱戴指戒的缘故。至于小指的本身的用处，更加藐小，只是挖挖耳朵，扒扒鼻涕而已。他们也有被重用的时候，在丝竹管弦上，他们的能力不让于别人。当一个戴金刚钻戒指的女人要在交际社会中显示她的美丽与富有的时候，常用"兰花手指"撮了香烟或酒杯来敬呈她所爱慕的人。这两根手指正是这朵"兰花"中最优美的两瓣。除了这等享乐的光荣的事以外，遇到工作，他们只是其他三指的无力的附庸。我想把无名指比方纨绔儿，把小指比方弱者。

故我不能同情于上田氏的无名指最美说，认为他的所谓美是唯美，是优美，是颓废的美。同时我也无心别唱一说，在五指中另定一根最美的手指。我只觉五指的姿态与性格，有如上之差异，却并无爱憎于其间。我觉得手指的全体，同人群的全体一样。五根手指倘能一致团结，成为一个拳头以抵抗外侮，那就根根有效用，根根有力量，不复有善恶强弱之分了。

# 甘美的回味

　　有一次我偶得闲暇，温习从前所学过的弹琴课。一位朋友拍拍我的肩膀说道："你们会音乐的真是幸福，寂寞起来弹一曲琴，多么舒服！唉，我的生活太枯燥了。我几时也想学些音乐，调剂调剂呢。"

　　我不能首肯于这位朋友的话，想向他抗议。但终于没有对他说什么。因为伴着拍肩膀而来的话，态度十分肯定而语气十分强重，似乎会跟了他的手的举动而拍进我的身体中，使我无力推辞或反对。倘使我不承认他的话而欲向他抗议，似乎须得还他一种比拍肩膀更重要一些的手段——例如跳将起来打他几个巴掌——而说话，才配得上抗议。但这又何必呢。用了拍肩膀的手段而说话的人，大都是自信力极强的人，他的话是他一人的法律，我实无须向他辩解。我不过在心中暗想他的话的意思，而独在这里记录自己的感想而已。

　　这朋友说我"寂寞起来弹一曲琴多么舒服"，实在是冤枉了我！因为我回想自己的学习音乐的经过，只感到艰辛与严肃，却从未因了学习音乐而感到舒服。

　　记得十六七年前我在杭州第一师范读书的时候，最怕的功课是"还琴"。我们虽是一所普通的初级师范学校，但音

乐一科特别注重，全校有数十架学生练习用的五组风琴、还
琴用的一架大风琴、唱歌用的一架大钢琴。李叔同先生每星
期教授我们弹琴一次。先生先把新课弹一遍给我们看。略略
指导了弹法的要点，就令我们各自回去练习。一星期后我们
须得练习纯熟而来弹给先生看，这就叫作"还琴"。但这不
是由教务处排定在课程表内的音乐功课，而是先生给我们规
定的课外修业。故还琴的时间，总在下午二十分至一时之间，
即午膳后至第一课之间的四十分钟内，或下午六时二十分至
七时之内，即夜饭后至晚间自修课之间的四十分钟内。我们
自己练习琴的时间则各人各便，大都在下午课余，教师请假
的时间，或晚上。总之，这弹琴全是课外修业。但这课外修
业实际比较一切正课都艰辛而严肃。这并非我个人特殊感觉，
我们的同学们讲起还琴都害怕。我每逢轮到还琴的一天，饭
总是不吃饱的。我在十分钟内了结吃饭与盥洗二事，立刻挟
了弹琴讲义，先到练琴室内去，抱了一下佛脚，然后心中带
了一块沉重的大石头而走进还琴教室去。我们的先生——他
似乎是不吃饭的——早已静悄悄地等候在那里。大风琴上的
谱表与音栓都已安排妥帖，显出一排雪白的键板，犹似一件
怪物张着阔大的口，露出一口雪白的牙齿而蹲踞着，在那里
等候我们的来到。

先生见我进来，立刻给我翻出我今天所应还的一课来，
他对于我们各人弹琴的进程非常熟悉，看见一人就记得他弹
到什么地方。我坐在大风琴边，悄悄地抽了一口大气，然后
开始弹奏了，先生不逼近我，也不正面督视我的手指，而斜
立在离开我数步的桌旁。他似乎知道我心中的状况，深恐逼

近我督视时,易使我心中慌乱而手足失措,所以特地离开一些。但我确知他的眼睛是不绝地在斜注我的手上的。因为不但遇到我按错一个键板的时候他知道,就是键板全不按错而用错了一根手指时,他的头便急速地回转,向我一看,这一看表示通不过。先生指点乐谱,令我从某处重新弹起。小错从乐句开始处重弹,大错则须从乐曲开始处重弹。有时重弹幸而通过了,但有时越是重弹,心中越是慌乱而错误越多。这还琴便不能通过。先生用和平而严肃的语调低声向我说:"下次再还。"于是我只得起身离琴,仍旧带了心中这块沉重的大石头而走出还琴教室,再去加上刻苦练习的工夫。

我们的先生的教授音乐是这样的严肃。但他对于这样严肃的教师生活,似乎还不满足,后来就做了和尚而度更严肃的生活了。同时我也就毕业离校,入社会谋生,不再练习弹琴。但弹琴一事,在我心中永远留着一个严肃的印象,从此我不敢轻易地玩弄乐器了。毕业后两年,我一朝脱却了谋生的职务,而来到了东京的市中。东京的音乐空气使我对从前的艰辛严肃的弹琴练习发生一种甘美的回味。我费四十五块钱买了一口提琴,再费三块钱向某音乐研究会买了一张入学证,便开始学习提琴了。记得那正是盛夏的时候。我每天下午一时来到这音乐研究会的练习室中,对着了一面镜子练习提琴,一直练到五点半钟而归寓。其间每练习五十分钟,休息十分钟。这十分间非到隔壁的冰店里喝一杯柠檬刨冰,不能继续下一小时的练习。一星期之后,我左手上四个手指的尖端的皮都破烂了。起初各指尖上长出一个白泡,后来泡皮破裂,露出肉和水来。这些破烂的指尖按到细而紧张的钢丝制的 E 弦上，感到针刺般的痛楚，犹如一种肉刑！但提琴先生笑着对我说，"这是学习提琴所必经的难关。你现在必须努力继续练习，手指任它破烂，后来自会结成一层老皮，难关便通过了。"他伸出自己的左手来给我摸，"你看，我指尖上的皮多么老！起初也曾像你一般破烂过；但是难关早已通过了。倘使现在怕痛而停止练习，以前的工夫便都枉费，而你从此休想学习提琴了。"我信奉这提琴先生的忠告，依旧每日规定四个半钟头而刻苦练习，按时还琴。后来指尖上果然结皮，而练习亦渐入艰深之境。以前从李先生学习弹琴时所感到的一种艰辛严肃的况味，这时候我又实际地尝到了。但滋味和从前有些不同：因为从前监督我刻苦地练习风琴的，是对于李先生的信仰心；现在监督我刻苦地练习提琴的，不是对于那个提琴先生的信仰心，而是我的自励心。那个提琴先生的教课，是这音乐研究会的会长用了金钱而论钟点买来的。我们也是用金钱间接买他的教课的。他规定三点钟到会，五点钟退去，在这两小时的限度内尽量地教授我们提琴的技术，原可说是一种公平的交易。而且像我这远来的外国人，也得凭仗了每月三块钱的学费的力，而从这提琴先生受得平等的教授与忠告，更是可感谢的事。然而他对我的雄辩的忠告，在我觉得远不及低声的"下次再还"四个字的有效。我的刻苦地练习提琴，还是出于我自己的勉励心的，先生的教授与忠告不过供给知识与参考而已。我在这音乐研究所中继续练习了提琴四个多月，即便回国。我在那里熟习了三册提琴教则本和几曲 light opera melodies（轻歌剧旋律）。和我同室而同时开始练习提琴的，有一个出胡须的医生和一个法政学校的学生。但他们并不每天到会，因此进步都很迟，我练完第三册教则本时，他们都还只练完第一册。他们每嫌先生的教授短简而不详，不能使他们充分理解，常常来问我弹奏的方法。我尽我所知地告诉他们。我回国以后，这些同学和先生都成了梦中的人物。后来我的提琴练习废止了。但我时时念及那位医生和法政学生，不知他们的提琴练习后来进境如何。现在回想起来，他们当时进步虽慢，但炎夏的练习室中的苦况，到底比我少消受一些。他们每星期不过到练习室三四次，每次不过一二小时。而且在练习室中，挥扇比拉琴更勤。我呢，犹似在那年的炎夏中和提琴作了一场剧烈的奋斗，而终于退守。那个医生和法政学生现在已由渐渐的进步而成为日本的violinist（小提琴家）也未可知；但我的提琴上已堆积灰尘，我的手指已渐僵硬，所赢得的只是对于提琴练习的一个艰辛严肃的印象。

我因有上述的经验，故说起音乐演奏，总觉得是一种非常严肃的行为。我须得用了"如临大敌"的态度而弹琴，用了"如见大宾"的态度而听人演奏。弹过听过之后，只感到兴奋的疲倦，绝未因此而感到舒服。所以那个朋友拍着我的肩膀而说的话，在我觉得冤枉，不能首肯。难道是我的学习法不正，或我所习的乐曲不良吗？但我是依据了世界通用的教则本，服从了先生的教导，而忠实地实行的。难道世间另有一种娱乐的音乐教则本与娱乐的音乐先生吗？这疑团在我心中久不能释。有一天我在某学校的同乐会的席上恍然地悟到了。

同乐会就是由一部分同学和教师在台上扮各种游艺，给其余的同学和教师欣赏。游艺中有各种各样的演、唱、合奏。总之，全是令人发笑的花头。座上不绝地发出哄笑的声音。我回看后面的听众，但见许多血盆似的笑口。我似觉身在"大世界""新世界"一类的游戏场中了。我觉得这同乐会的确是"乐"！在座的人可以全不费一点心力而只管张着嘴巴嬉笑。听他们的唱奏，也可以全不费一点心力而但觉鼓膜上的快感。这与我所学习的音乐大异，这真可说是舒服的音乐。听这种音乐，不必用"如见大宾"的态度，而只须当作喝酒。我在座听了一会儿音乐，好似喝了一顿酒，觉得陶醉而舒服。

于是我悟到了，那个朋友所赞叹而盼望学习的音乐，一定就是这种喝酒一般的音乐。他是把音乐看作喝酒一类的乐事的。他的话中的"音乐"及"弹琴"等字倘使改作"喝酒"，例如说，"你们会喝酒的人真是幸福，寂寞起来喝一杯酒多么舒服！"那我便首肯了。

那种酒上口虽好，但过后颇感恶腥，似乎要呕吐的样子。我自从那回尝过之后，不想再喝了。我觉得这种舒服的滋味，远不及艰辛严肃的回味的甘美。

**图书在版编目（CIP）数据**

缘缘堂随笔 / 丰子恺著. -- 北京 : 中国友谊出版
公司, 2023.8
ISBN 978-7-5057-5686-1

Ⅰ. ①缘… Ⅱ. ①丰… Ⅲ. ①散文集 – 中国 – 现代
Ⅳ. ①I266

中国国家版本馆CIP数据核字(2023)第131291号

| | |
|---|---|
| **书名** | **缘缘堂随笔** |
| **作者** | 丰子恺 |
| **出版** | 中国友谊出版公司 |
| **发行** | 中国友谊出版公司 |
| **经销** | 北京时代华语国际传媒股份有限公司　010-83670231 |
| **印刷** | 北京盛通印刷股份有限公司 |
| **规格** | 880×1230 毫米　32 开 |
| | 8 印张　160 千字 |
| **版次** | 2023 年 8 月第 1 版 |
| **印次** | 2023 年 8 月第 1 次印刷 |
| **书号** | ISBN 978-7-5057-5686-1 |
| **定价** | 58.00 元 |
| **地址** | 北京市朝阳区西坝河南里 17 号楼 |
| **邮编** | 100028 |
| **电话** | （010）64678009 |